Yvan Goll · Der Mitropäer

Argon

Yvan Goll

Der Mitropäer

Roman

mit
einem Nachwort von
Thomas Spring

Argon

Gedruckt mit Genehmigung der
Fondation Claire et Yvan Goll,
Saint-Dié-des-Vosges, France
Printed in Germany

Satz: Mercator Druckerei GmbH Berlin
Druck: Ludwig Vogt, Berlin
Bindung: Buchbinderei Helm, Berlin

ISBN 3-87024-111-X

Umschlag nach einem Entwurf von Helmut Lortz
unter Verwendung des Selbstporträts Yvan Goll, 1925
Frontispiz: Yvan Goll, Berlin 1927

Sauve qui peut!

1. Kapitel

Noch 25 Minuten bis Paris!" Das ganze Coupé war in großer Aufregung.

Hand- und Hutkoffer, Schachteln und Pakete wurden aus den Netzen gezerrt. Der Geschmack der langen Nacht lag jedem bitter auf den Lippen. Geschmack von Kohle und Ozon, die der Zug in wirbelnder Fahrt von der schlafenden, aufgeschreckten Erde und dem wachenden, ruhigen Himmel zusammengemischt hatte. Die ganze Nacht von Basel nach Paris, hatte man eine kosmische, stahlblaue Natur durchrast, wogende Felder, erschreckte Wälder, über dünne Brücken und interesselose Flüsse hinweg. Es war, als hätten die Reisenden eine aufregende Arbeit geleistet, und doch hatten sie nichts getan, als sich in Schlaf und Mäntel gehüllt und in gemeinsamem Rhythmus mit den Köpfen gewackelt.

Auf diesen Rhythmus hatte nur das eine, einzige Wort gepaßt: Paris! Paris! Paris! Am Anfang, gestern Abend, hatten sie alle französische Zeitungen entfaltet und sorgsam studiert. Sie mußten auf dem Laufenden sein. Ein Berner Seidengrossist las seiner Frau laut vor, daß der Haupttäter des Juwelendiebstahls in der Rue de Rivoli bei Saint-Denis gesichtet, daß eine blonde Metzgerstochter aus Pantin zur Königin von Frankreich erwählt worden sei, daß die Place Vendôm neu gepflastert werde, daß der japanische Prinz Yasuhito sich als Student an der Sorbonne eingeschrieben habe, daß ein surrealistischer Dichter sich geweigert habe, seinen exemplarischen Selbstmord zu vollziehen, kurzum, schon

nahmen sie alle an den Ereignissen der großen Weltgeschichte persönlich teil und kritisierten sie heftig.
In einer anderen Ecke des Abteils saßen zwei rumänische Studenten. Der eine kannte bereits Paris und erzählte seinem Kameraden von den kommenden Wundern: Er hätte am 14. Juli auf dem Boulevard Poissonnière eine Frau getroffen, die sich ihre Brüste blauweiß-rot bemalt und als patriotischen Schmuck aus der Bluse habe hängen lassen. Es gäbe Reklamen, die ein ganzes Haus von acht Stockwerken bedeckten, und den Entdecker einer Zahnpaste darstellten, dessen Augen drei Meter Radius und dessen Mund zwölf Meter Breite maßen. Er habe der Einweihung eines chinesischen Originalteehauses durch den Handelsminister beigewohnt, in dem die Mädchen in der ersten Nacht garantiert unschuldig waren. Er habe auf der Place Blanche um fünf Uhr früh eine im Smoking gekleidete Frau Zwillinge entbinden sehen. Ein Flugzeug habe zur Reklame den Namen eines mittelmäßigen französischen Lyrikers in den Himmel geschrieben, gelegentlich der Herausgabe seines zweiten Gedichtbandes.
Edmund, der ihnen gegenüber saß, war leise darüber eingeschlafen.
Einmal, um zwei Uhr nachts, war er durch einen brutalen Ruck aufgeweckt worden. Das Fenster war aufgerissen. Ein strenges, banges Schweigen drang von außen herein. Der Zug hielt scheinbar grundlos, mitten in einem Feld. Edmund beugte sich hinaus. Die unendliche Landschaft lag da, mit groß aufgerissenem Mund, wie eine Tote. Eine Quelle weinte leise an der Schulter eines blauen Abhangs. Warum weinte sie? War der Schaffner etwa ihretwegen abgestiegen, um sie zu trösten? Ohne daß etwas Besonderes geschehen wäre, hatte

sich der Zug dann wieder in Bewegung gesetzt, und tatsächlich hatte die Klage in der Natur aufgehört...
„Noch 15 Minuten bis Paris!"
Edmund fuhr auf. Er hatte nicht viel vorzubereiten, höchstens die Gedanken in seinem Kopf. Ein Schleier von rosa Tüll hatte sich aber bereits um die Erde Frankreichs gelegt. Dörfer blitzten auf, mit blankgeputzten Brunnen und Fenstern. Von Kilometer zu Kilometer wartete er, daß hinten im Osten ein großer goldener Hahn die Flügel aufspreizen würde. Schwarze, traurige Vorortzüge klebten wie Raupen an schmutzigen Bahnhöfen. Die Vororte selbst lösten sich wie Ruinen aus dem Nebel; die Häuser hatten kleine Augen und Altersfalten in der Stirn. Eine Fabrik stieß einen hysterischen Schrei aus. Eine leere Straßenbahn bog gerade um die Ecke der Ewigkeit und nahm hoffnungslos ihre Erdenfahrt wieder auf. Hinter einer Barriere stand ein weißes Pferd ganz allein, ohne Kutscher, ohne Wagen, und bildete sich vielleicht ein, ins Land der Freiheit zu blicken?
Der Zug mußte noch dreimal um Hilfe rufen, bevor er sich an den leeren Perron der Gare de l'Est heranschleichen durfte. „Edgar ist nicht da?" dachte Edmund, absichtlich vergessend, daß er ihn nicht benachrichtigt hatte. „Schade immerhin. Aber ich bin dumm. Wie hätten wir uns erkennen sollen?" Es war ihnen im letzten Brief nicht eingefallen, ein Zeichen zu verabreden. Und übrigens, nichts Unbequemeres als das Abholen und Begrüßen auf einem Bahnhof. Zwischen zwei Brüdern! Zwei Brüdern, die sich nie gesehen hatten! „Ausgezeichnet so", dachte jetzt Edmund. Was für banale Dinge hätten sie sich gesagt, in dieser ernstesten Sekunde ihres Lebens! Ausgezeichnet so.

Und doch war Edmund enttäuscht.
Enttäuscht auch, weil der Bahnhof so schwarz, so modrig, so welk war, ganz ohne Illusionen. Fluchtartig hatte sich die nächtliche Gesellschaft verlaufen. Einige Frauen, fahlgeschminkt und in Lackschuhen, hatten auf den Geliebten gewartet, sonst niemand. Ein Beispiel für den Heroismus der Liebe. Die Zöllner hatten ihn mit Ironie nach dem Inhalt seines Köfferchens gefragt. Allmorgendlich kommen ähnliche blasse Jünglinge an der Gare de l'Est an, aus Polen, Bulgarien oder noch weiter her; aber wieviel lieber wüßten die Zöllner, was sie in ihrem Kopf schmuggeln.
„Ich habe einen Bruder in dieser Stadt. Und sogar eine Mutter habe ich in dieser Stadt. Warum schlendre ich wie ein Fremder daher?" überlegte Edmund.
„Aber auf keinen Fall durfte ich sie benachrichtigen."
Edmund kostete die Bitternis seiner gewollten, selbstverschuldeten Einsamkeit, die fast so bitter war wie der schwarze Kaffee, den er im ersten besten Café Biard verlangte.
Als er aber einige Augenblicke später langsam den Boulevard de Strasbourg hinunterwanderte, war er über seine Einsamkeit geradezu glücklich: nun konnte er langsam die Stadt seiner Träume sich entgegenkommen lassen, langsam, eindringlich und geheimnisvoll, mit jedem Haus, mit jedem Wagen, mit jeder fremden Straße, die alle so angenehm fremd waren und ebendeshalb auch erlaubten, daß man sich über sie wunderte oder freute. Das alles hätte Edgar, hätte überhaupt ein Pariser nicht verstanden. Die Pferde, die Polizisten, die Betrunkenen, die Arbeiter hatten etwas Romantisches, der Wirklichkeit Enthobenes an sich. Edmund suchte lange, was das bedeuten mochte, und fand es auch, als er

bei der Rue Turbigo die altmodischen Wagenkarawanen mit den roten, weißen, grünen Gemüsen auffahren sah: das ist nicht Paris, das ich erlebe, das ist Zola und Ch. L. Philippe. Ich bin ein Literat. Ich bin der Regisseur eines eigenen Films. So würde ich Paris drehen. Nämlich wie es ist. Aber wer sieht es so?

Edmund sah es so an jenem Vorfrühlingsmorgen, und später nie wieder. Er sah eine alte Straßenkehrerin mit einer glühenden Rose im Mund singend vorübergehen und ihm etwas Freundliches zurufen. Das sah er später nie wieder. Er sah ein Mädchen mit roten Strümpfen, und sonst ganz in Schwarz gekleidet, beim Angelusklingeln in die Kirche St. Eustache hineinschlüpfen. Und später nie wieder sah er sowas Schönes. Und die echten Pariser haben es in ihrem Leben nie gesehen.

Paris ist vielleicht keine wirkliche Stadt, sondern eine Art Atlantis?

Über einen Traum führte die Brücke Saint-Michel: rechts sah man am Ufer fünf alte, adlige Bäume mit Tusche ans neblige Ufer gezeichnet. Und dann kam eine Altstadt, in der sich Edmund mit Entzücken verlor, jedesmal in eine verkrümelte Straße tretend, wie man die vergilbten Blätter einer Chronik umdreht, mit mittelalterlichen Namen wie Rue Gît-le-Cœur oder Rue Dante, mit Bouquinisten und Gemüsehändlerinnen, und mit viel schwarzen Katzen.

Aber Edmund mußte sich waschen, und es galt, ein Hotel zu wählen: sollte es Hotel Corneille, Hotel Molière oder Saint André sein? Was für erhabene Schutzpatrone! Auf der Place du Panthéon lockte ihn das Hotel des Grands Hommes. Es war still wie auf einem Dorfplatz. „Nachts hört man“, sagte der Portier, „die Dialoge der Toten. Die Stille erzittert, wenn auch nur ein kleines Tilbury mit einem traurigen Pferdchen davor über das Pflaster trampelt, wo leider das Gras dazwischen noch nicht dicht genug gewachsen ist."

In der Hotelloge saß Madame Topaze, die Besitzerin, mit der heiligen Katze, mit dem Strickzeug und einer imposanten Frisur aus dem Jahre 1895, von Bändern, Kämmen und Nadeln durchwirkt. Sie hielt den Kopf, als sei sie sich bewußt, Trägerin eines Symbols zu sein. Ihr Busen bildete mit der Halslinie einen Winkel von 45 Grad und schien die schicksalhafte Bestimmung zu haben, als Ableger für Blumen, Schlüssel oder Rechnungen zu dienen. Sonst war sie eine gütige Person. Sie gab dem Fremden das Zimmer 26.

Nachdem Edmund seinen Koffer ins Fenstereck gestellt und den Ausblick auf den berühmten Platz geprüft hatte, ließ er sich Papier bringen und schrieb:

Madame Edouard de Tizac
27 Avenue Mozart

Liebe Mama!

Ich bin seit heute früh in Paris. Ich glaube, es sind acht oder neun Jahre her, daß wir uns nicht gesehen. Nun denke ich, mein ganzes Leben lang hier zu bleiben. Wann darf ich dich besuchen?

Dein Edmund.
Grüß mir Edgar.

Der Brief wurde durch einen Diener hingetragen.

Bei dem Namen Edgar hatte Edmund diesmal gezittert. Ein Bruder, wie sieht ein Bruder aus? Wie spricht man mit einem Bruder, der zwar zehn Jahre jünger ist, aber doch neunzehn, d. h. in einem Alter, in dem man sein Urteil in einer Sekunde fällt? Sie haben sich nie gesehen. Sie haben sich wenig geschrieben. Sie haben nicht dieselbe Nationalität und nicht dieselben Augen. Warum nennt man sie Brüder?

2. Kapitel

Gegen drei Uhr nachmittags klopfte es leicht, und ohne eine Antwort abzuwarten, trat ein auffallend schöner, junger Mensch mit großer Sicherheit herein, stellte sich vor Edmund auf und sagte:
„Sie sind mein Bruder. Mutter telephonierte mir soeben, daß Sie angekommen sind, und bat, ich solle Ihnen gleich meine Freundschaft bringen. Wie nichtig sind Worte. Wir sollen Brüder und Freunde sein, und kannten gestern kaum unsere Namen! Ich denke aber, wir werden den Weg zueinander finden."
Edmund war nicht dazu gekommen, ein Wort anzubringen. Was bedeutete das alles? Er machte sich seit mehreren Minuten bereit, seinem Bruder um den Hals zu fallen, fragte sich heimlich, ob er ihn auf die Backen küssen solle wie ein guter Onkel oder auf die Stirn wie ein Vater.
„Also du bist es, Edgar."
Der Jüngere trat einen Schritt zur Seite und sagte, um sich eine Haltung zu geben:
„Ein ganz originelles Hotel. Wie haben Sie das gefunden?"
So begrüßten sich zwei Brüder, die sich nie gesehen hatten. Der eine öffnete die Arme weit, der andere ließ sie verhalten niederhängen.
„Wie groß du bist, Junge!" rief nach kurzem Schweigen Edmund, ein wenig zurücktretend, um mit besserem Abstand messen zu können.
Edgar stand vor ihm und warf ihm einen ungeduldigen

Blick zu. Souveräne Zucht meisterte seine Glieder. Obwohl vor Nervosität fast zerspringend, hatte er sich doch so in der Gewalt, daß er gelassen lächelte. Verhalten die Stimme, verhalten die wirkliche Eleganz seiner Kleidung, verhalten der Blick seiner doch so brennenden und funkelnden Augen, mit denen er bereits seinen Bruder durchleuchtet hatte, ohne daß der es gemerkt.

Edmund, der entgegengesetzte Blonde: dick, behäbig, voll einer schwerfälligen Gutmütigkeit, oft grundlos lachend, die Gesten immer unberechnet, die Worte ebenfalls. Immer sich selber im Wege, bald übermäßig ehrlich, bald unnötig verschämt.

Er kam dem Jüngeren mit grenzenlosem Vertrauen entgegen, mit unbestimmten Hoffnungen. Seine Augen schwammen über von Gefühl.

„Ich muß gestehen, ein ganz patenter Kerl", sagte Edmund, noch im rechten Augenblick das Prädikat „bist du" verschluckend, denn das Duzen wurde diesen beiden so durchaus entfremdeten Brüdern seltsam schwer. Das wird eine nette Unterhaltung geben, dachte er gleichzeitig, wenn die Sätze kein Verbum haben dürfen.

Aber noch einmal sprang er mutig ins kalte Wasser von Edgars Augen:

„Wie hab ich mich gefreut, mein Lieber, auf diese Stunde. Junge Menschen wie wir haben für tausend Nächte Stoff zu diskutieren. Nicht wahr? All die großen Probleme..."

„Große Probleme?" unterbrach ihn Edgar gereizt. „Was für große Probleme gibt es denn? Ich ahne schon. Gott? Die Wahrheit? Die Revolution? Und anderes mehr. Sie glauben auch selbstverständlich an den Völkerbund?"

Edmund konnte die Augen nicht von ihm wenden. Aus

welcher Ecke dieses knabenhaften, wie Milch und Erdbeeren reinen Gesichtes mochte soviel Bosheit kommen? Keine Falte, kein Schatten in diesem offenen Antlitz, das an Pagen erinnerte. In Harmonie damit die Sprache von geschliffener Feinheit, die Haltung von erstaunlich sicherer Anmut. Der Anzug von einfachem, nicht auffallendem Tuch und Schnitt bekundete dennoch etwas Überlegenes. Und nur die kleine, rosaseidene Krawatte im breiten, weichen Kragen deutete auf einen besonderen, künstlerischen Geschmack.
„Sie glauben wohl gar an den Fortschritt?" höhnte Edgar und lächelte, um zu verbergen, wie sehr er sich ärgerte. Sich über einen Bruder ärgerte, der so wenig Feinsinn zeigte, aus der Schweiz kam, aus der Provinz, ein schwerer Mensch, der alles und sich ernst nahm.
Edmund merkte nichts von dem, was in Edgar vorging. Er verstand ihn nicht. Das machte ihn unsicher. Er, der zehn Jahre Ältere verstand ihn nicht. Auf alles war er gefaßt gewesen, nur darauf nicht.
„Wie blödsinnig auch", scherzte Edmund und faßte sich an den Kopf. „Da erörtern wir in den ersten zehn Minuten philosophische Themen, statt uns zu fragen, wie lange wir gestern geschlafen haben, wie unser letztes Mädchen heißt und ob wir das Mittelmeer der Nordsee vorziehen!"
Da er sich aber als der Unterlegene vorkommen mußte, erfand er schnell, um sich vor sich selber zu rechtfertigen, dem Bruder eine Schwäche, so weh es ihm auch tat: Er ist ein kleiner Snob, entschied Edmund in seinem Innern. Aber gegen die Schönheit Edgars konnte er nichts einwenden, und auch gegen den süßen Gedanken nichts, daß das sein Bruder war.
„Und Mama!" rief Edmund dann plötzlich aus, stolz

darauf, daß er vor dem verachtungsvollen Edgar auf eine Art Zynismus pochen konnte: jetzt erst erinnerte er sich an die Mutter! Wenn ein einfacher Mensch einem Zyniker gegenübersteht, tut er alles, um diesen an falscher Gemeinheit zu übertreffen. Der gute Mensch schämt sich, der zynische nie. Edgar lächelte doppelsinnig: entweder darüber, daß Edmund so spät der Mutter gedachte, oder darüber, daß er auf Edmunds Schlechtigkeit keineswegs hereinfiel. Edmund traf zwischen den zwei Fassungen keine Entscheidung.
Darauf erklärte Edgar, daß sie eine feine, alte Dame sei, voll eines rührenden Egoismus. Sie lebe für ihre Tees, ihren Bridge und ihre Sommerfrischen. Das sei sehr angenehm, denn sie greife in niemandes Persönlichkeit ein. Also eine unvergleichliche Mutter. Sie habe ja Edmund in seiner Schweiz auch wenig gestört?
Edmund biß sich auf die Lippen. Als er nach Paris abfuhr, hatte er seinen Bekannten allen stolz gesagt: Ich fahre zu meiner Familie. „Familie!" So sah sie aus. Beinahe hätte er geschluchzt. Aber vor seinem leiblichen Bruder schluchzen? Vor einer Stunde noch hätte er es zwar natürlich gefunden!
Edmund trat ans Fenster. In matt orangenem Schein schillerte die Pantheonskuppel. Sein erster Pariser Tag. Dieselbe Sonne war es, die am selben Morgen über den erwachenden Dörfern der Ile-de-France wie ein goldener Hahn aufgeflattert war. Die Stadt aber lag bereits wie blaue Asche unter ihm.
Edgar stand nervös im Hintergrund des Zimmers, wie der wartende Arzt, wenn der verlorene Sohn zum letztenmal vom Sterbenden Abschied nimmt. Dann sagte er: „Dies ist die Stunde, in der die Bürger sentimental werden!"

Edmund warf sich ins Zimmer zurück. Edgar reichte ihm den Hut.

„Komm. Wir wollen nicht in diesem dumpfen Zimmer versauern. Du mußt Paris kennen lernen, Freund. Wir wollen sehen, was sich aus dir machen läßt", sagte jetzt Edgar in einem Ton, der ihn selbst, den etwas Enttäuschten, versöhnen sollte. Und dabei stellte sich auch das Du ganz einfach ein.

„Wir gehen jetzt zu meinem Freund Cocherel. Dort wirst du die paar jungen Menschen kennen lernen, die für heute typisch sind, alle ein bißchen so wie ich. Erschrick nicht! Ich befürchte zwar, daß sich eine Riesenkluft zwischen unseren beiden Generationen auftut. Aber wir werden ja sehen. Dann noch eins: um acht Uhr bist du bei unserer lieben Frau Mama zum Diner geladen. Halboffiziös. Du wirst in Gesellschaft einiger frischer und trockener Mumien ausgezeichnete Speisen essen. Wenn ich hingehe, dreimal im Jahr, glaube ich zu träumen. Ich beneide dich. Es muß für einen Neuling ein ganz besonderes Erlebnis sein."

3. Kapitel

Zwei Brüder, Vertreter zweier polar entgegengesetzter Generationen, fuhren in diesem roten Taxi den Boulevard St. Germain hinunter. Zehn Jahre Unterschied, zwei Welten. Der Jüngling des Vorkriegs und der des Nachkriegs. Der trotz allem Leid Hoffnungsvolle und der trotz allen Festen Hoffnungslose. Der gütige Dicke und der boshafte Schlanke. Das Ja und das Nein. Edmund und Edgar.

Madame de Tizac, von griechischer Abstammung, im klassischen ägäischen Meer geboren, war in erster Ehe mit einem bedeutenden Reeder in Malta verheiratet gewesen, dem man später oft nachgesagt hat, er sei deutschen Ursprungs gewesen. Sie gebar Edmund auf dem Überseedampfer „Alighieri", an einem Morgen, an dem gerade die perlgraue rosige Küste gesichtet wurde. Das Kind bekam vom ganzen Schiff Geschenke, die schönsten und die einzigen seines Lebens. Edmund besaß davon heute noch ein in Elfenbein gebundenes Notizbuch, in das ein afrikanischer Missionar ein Gedicht von Mörike hineingeschrieben hatte, und eine Suez-Aktie, von einer reichen Irländerin, die in seinen Vater verliebt war.

Das Papier stellte später das einzige Kapital dar, das ihm von seinem Vater geblieben. Denn dieser, in unglückliche Unternehmungen verwickelt, siedelte bald darauf in die Schweiz über und starb dort, als Edmund acht Jahre alt war.

Die Mutter steckte ihn in ein Institut und ließ sich

nach wenigen Monaten von einem Mitglied der französischen Gesandtschaft nach Paris entführen.
Edmund verbrachte eine uninteressante und idealistische Jugend in den Schweizerbergen: angesichts eines Gletschers lernte er „De virtute“ übersetzen, den Begriff der Treue aus den „Nibelungen“ und den Corneillischen Dramen herleiten, was aber seine Lehrer vor allem von ihm verlangt hatten, war die genaue Kenntnis der Bodengestaltung der Schweizerkantone, die Tiefe der Seen und die Namen aller Stationen der Eidgenössischen Eisenbahnen in Glarus. Also klassisch gebildet bezog er die Universität von Lausanne.
Er lernte das waadtländische Zivilrecht. In einem vermorschten Klosterbau, zu dem man auf gefährlich knarrenden Treppen und waghalsigen Wegen hinauf kletterte, in Bänken, in die noch die Namen heute hundertjähriger Bräute eingeschnitzt waren, versaß Edmund seine kräftigsten Jahre. Da kam der Krieg. Edmund hatte nie gewußt, welcher Nationalität er angehörte, ob er Grieche war wie sein Vater, Franzose wie später seine Mutter, oder Glarner, wozu ihn sein Vormund, ein entfernter Verwandter, naturalisieren lassen wollte. Er war auf wogendem Meer geboren, zwischen den Kontinenten.
Schließlich wurde er Schweizer und entdeckte gleichzeitig sein „über dem Getümmel schwebendes“ Herz. Romain Rolland war an den Genfersee geflüchtet und hatte dort, in einem kleinen Hotel, das den Namen Byrons trug, Europa entdeckt. Endlich, endlich fand der Enthusiasmus, der in jeder jugendlichen Brust wie ein Naturkraut wächst, geeigneten Boden: Edmund fuhr zu Rolland und wurde sein erster Apostel. In einem feierlichen Zeitungsartikel beschrieb er die Zufluchtstätte

des großen Denkers wie die neue Arche Noah über der Blutflut.

Langsam war er dann in politisches Getriebe linkshin geglitten. Jemand nannte seinen Namen in einer Zeitschrift, und schon hielt er sich für berufen. Mit Deserteuren aller Länder, mit Russen, Türken, Deutschen, Franzosen, Serben und Irländern zusammen buchstabierte er die Worte Menschlichkeit, Güte, Brudertum. Er wurde der Verwaltungschef der Bruder – A. G. Romain Rolland war der Gott dieser religiösen Bewegung. Altäre wurden ihm errichtet in den Cafés von Genf, Bern, Zürich und Locarno.

Sozialisierende Sekten schlossen sich der Bewegung an. Die noch in unbekannten vegetarischen Restaurants und russischen Lesestuben umherirrenden Theoretiker der Revolution klopften ihm manchmal auf die Schulter, und deshalb konnte er später stolz berichten, daß Trotzki, Lenin und Lunatscharski seine besten Freunde gewesen waren. Er übersetzte eine Novelle von Tolstoi für das „Droit du Peuple". Er rezitierte Dichtungen Verhaerens bei der Totenfeier des großen belgischen Poeten.

Kurz, Edmund war ein neuer Europäer und Freiheitskämpfer geworden. Er hatte ein Programm: „Die Menschengüte", und wer ein Programm im Leben hat, der hat es gut: er braucht nicht mehr zu zweifeln. Er reiste mit diesem von Stadt zu Stadt, empfing an den Bahnhöfen die aus den Kriegsbastionen entflohenen Kameraden, organisierte, schrieb, sprach, hoffte. Am Ende war die Revolution. Gefahren gab es, öffentliche und verbotene Versammlungen, Prozesse, Gefängnis.

Endlich die Russische Revolution, der Friede, der Völkerbund, Tagore und Gandhi, und dann, und dann...

Dann sah sich Edmund eines Tages in seinem möblierten Zimmer um und rief: „Wo ist mein Ich?"
Nach dem Waffenstillstand aber, nach Beendigung der Sintflut, kehrten die internationalen Menschheitsfreunde jeder in sein Land zurück und paßten ihr müdes Ideal den Notwendigkeiten des Tages und der Mitmenschen an. Das heißt, die meisten mischten ihren Wein mit Wasser und tauschten die großen Ziele gegen kleinere, aber nähere Aufgaben ein. Edmund blieb allein in der Schweiz zurück. Er hatte keinen richtigen Beruf. Das Studium des waadtländischen Zivilrechts hatte er längst aufgegeben und niemals ein Examen gemacht. Zum erstenmal überlegte er, daß die Jugendjahre vorüber waren.
Da hatte er sich erinnert, daß er in Paris eine Mutter und einen Halbbruder hatte. Während des ganzen Krieges war der Kontakt zwischen ihnen unterbrochen gewesen, nachdem ihn die Mutter im September 1914 aufgefordert hatte, in die französische Armee einzutreten und er ihr als Antwort einen seiner ketzerischen Artikel geschickt hatte. Der jüngere Bruder Edgar war damals zwölf Jahre alt gewesen und wußte von Edmund fast nichts. Und dessen Vater, der zweite Gatte der schönen Griechin, Bertrand de Tizac, war bei Château-Thierry gefallen, was auf den fernen Stiefsohn einen noch dunkleren Schatten geworfen hatte.
Landsam aber, nach dem flügellosen Frieden, flaute die Stimmung von Tapferkeit und Tugend ab, und die Frauen waren die ersten, die den Heroismus, der zu nichts geführt hatte, in mancher Weise lächerlich fanden. Zu Weihnachten schrieb Frau de Tizac ihrem Sohn einen leisen, sehr vernünftigen Brief, und fragte ihn, ob er nicht einmal nach Paris kommen wolle.

Da war Edmund nun, entwurzelt wie ein Bauer. Sein Konfektionsanzug saß schlecht. Er trug zu einem bunten Hemd einen weichen weißen Kragen. Keine Handschuhe. Bis jetzt war sein äußeres Auftreten immer zweiten Ranges gewesen, selbst wenn er in der Nähe von Frauen gelebt hatte.
Das heimatliche Gefühl, das er am Morgen bei der Einfahrt in Paris empfunden hatte, verschwand. Die Lichtreklamen, wie ein sommerliches Feuerwerk, entzündeten die Straßen. Alles schien festlich aufgeregt. Und er so wenig darauf eingestellt. Edgar neben ihm schwieg, mit ziemlich gelangweiltem Ausdruck: da wagte Edmund nicht mehr, zu staunen, sich zu wundern, sich zu freuen und Fragen zu stellen.
Als sie aber über den Concorde-Platz fuhren, der mit seinen hundert silbernen Bogenlampen wie ein Diamant in Platinfassung schimmerte, hielt er es nicht zurück: „Wie herrlich!"
Edgar rief mißmutig: „Der letzte Schmuck einer alten Kurtisane. Mit viel Schminke und rotgefärbten Haarwellen. Wen ich dir einmal das richtige Paris zeige, die Kloaken, die baufälligsten Ruinen Europas, reines Mittelalter noch überall, und mittelalterlich die Menschen, das Ende eines Jahrtausends, kein Anfang. Kein Grund, stolz zu sein!"
Warum machte Edgar jetzt auch Paris herunter?
„Wie sind die Freunde, zu denen wir fahren?"
„Lauter Menschen, die nicht wissen, was sie wollen. Die sich unerhört langweilen. Die den glänzendsten Esprit von Frankreich versprühen. Aber auch der Esprit nützt sich ab. Es sind alles ganz junge Menschen, die nur aus Raffinement oder Freude am Kontrast manchmal einen Fremden bei sich aufnehmen. Aber im Grunde sind sie

schon alte Weiber und wie Voltaire: voll Neugier und Médisance. Sie haben zuviel Geist und zu wenig Ideen, und wissen darum nicht, wie den ersten verspritzen. Ich sage dir das, weil du mein Bruder bist. Ich gehöre ja auch zu ihnen, und verderbe ein wenig das Spiel."

Das Taxi hielt in einer der belebtesten Straßen, wie ein Boot andauernd von den Wellen der Flut geschlagen. Der Hof des Hauses indes, in den sie traten, war kühl und still wie ein Bergsee. Im Vestibül stand ein großer Spiegel, diskret genug, um nur den Eingweihten aufzufallen und die Fremden nicht zu erschrecken. Edgar, mit einem Blick, ermaß den ganzen Unterschied zwischen sich und Edmund: keiner wird mir glauben, dachte er, daß das mein Bruder sein soll.

Cocherel, der Chef der Jugend, kannte das Geheimnis seiner Zeit: Cocktail. Keine reinen Getränke, keine einfachen Gefühle, keine eindeutigen Worte. Er wollte den neuen Typ der Zeit schaffen: Alcibiades-Wilde-Carpentier. Er wob Legenden um sich wie Efeu und Papierrosen. Aber er hatte eine Macht: den Esprit, und übte mit ihm eine unbeschränkte Diktatur aus. Eine Schar von Zwanzigjährigen war ihm auf den Tod ergeben. Cocherel selbst trug Maske und Ansehen des Zwanzigjährigen, obwohl er gut das Doppelte zählte; die Geheimnisse einer Marquise, die, fünfundvierzigjährig, ihn verführt hatte, waren auf ihn als alleinigen Erben übergegangen. Alles in Paris ist Vererbung.

Zum sichtbaren Zeichen seiner Jugend bewohnte er im Patrizierhause seiner Mutter ein kleines, unscheinbares Zimmer auf den Hof, das der Bohême äußere Armut vortäuschte und seiner unechten Lebenshaltung als Kulisse diente. Dieser bevorzugte reiche Jüngling umgab sich mit einer ausgesuchten Simplizität. Er schlief in

einem alten, hochstehenden Bett mit großmütterlich blumigen Decken, die Wände waren überall bemalt und mit gelben Photos besteckt, auf Gesims und Tisch standen naive Antiquitäten: in leere Flaschen eingebaute Segelschiffe, Glaskugeln mit Schneestürmen drin, kunterbunte Einfalt: aber mitten dazwischen lagen absichtlich unverwahrt und vergessen blaue Schecks, rosa Picassos und Rechnungen des ersten Nizzaer Schneiders.
Die übrigen Räume der Wohnung waren die üblichen eines großbürgerlichen Haushalts mit breiten Flügeltüren, Kronleuchtern, bezeugt echten Möbeln aus den Zeiten der drei Ludwige und vielen Zofen und Grooms.
Der Diener führte Edmund und Edgar ein.
Cocherel, einen fleckigen Bademantel wie eine römische Toga um die Schulter geschlagen, empfing sie sehr weihevoll.
Edmund war mit großer Neugier erwartet, denn Edgar hatte ihn heimlich telephonisch angemeldet. Der Pariser Gesellschaftsmensch spielt mit jedem neuen Fremden immer fair play. Er lädt ihn überall ein und gibt ihm in ehrlichem Spiel die Möglichkeit, die Spannkraft seines Könnens und die Geschmeidigkeit seiner Repliken zu zeigen. Einmal. Und man ist streng und unbarmherzig. Auf dem Terrain des geistigen Duells wird die Erbschaft der Jahrhunderte bestritten. Deshalb haben die Pariser vor keinem Amerikaner Angst: mag er ihre Stadt mit dem Boxcalfschuh zerstampfen, er strauchelt auf dem ersten blanken Parkett. Aber sobald der Gegner unterliegt, ist er erledigt, nicht mehr interessant, höchstens nur wie ein Wildpret, noch wert, aufgefressen, d. i. verhöhnt zu werden.
Edmund ahnte nichts von derlei Hinterhalten und glaubte, man wolle ihn feiern. Cocherel kam ihm ernst

entgegen und führte ihn zu einer Ottomane, von der zwei junge Menschen aufsprangen, unbeholfen wie Knaben und von Ehrfurcht durchzuckt. Sie blieben stumm vor ihm stehen, als man ihre Namen nannte: Mazelle und Drapier. Dazu schwiegen sie, aber ihre Augen lauerten höhnisch. Sie waren mit raffinierter Einfachheit angezogen: nur die Krawatte war frech. Bedeutete ihre Haltung Achtung oder Schüchternheit? Schüchternheit! Aber diese wurde mit allen Mitteln unterdrückt, und um sich für sie zu rächen, ließen die jungen Leute am Dritten ihren Unmut über sich selbst aus. So hatte Edmund vom ersten Augenblick an einen schweren Stand. Ihr Schweigen, ihre Blicke waren wie eine Mauer von Watte und Kork, die sie um ihre geheime Welt legten. Die Worte, die sie sprachen, verwandelten sich in der Umgebung eines Fremden, wie Lakmuspapier in Säure, und wechselten ihre Bedeutung.

Nachdem ihn Cocherel einen Augenblick lang, wie man einen ungeschickten Schwimmer unter Wasser tunkt, seiner Einsamkeit überlassen und einem allgemeinen Schweigen nicht schnell genug Einhalt getan hatte, sagte er zu Edmund:

„Wir freuen uns immer, wenn ein Fremder in unsere Stadt kommt. Sie machen sich keinen Begriff davon, wie provinziell unser Paris ist. Ein Dorf! Wir sind wie lauter Weiber an den Küchenfenstern, die dem Nachbarn ins Schlafzimmer gucken. Aber atmen wir je Weltwind? Haben wir eine Ahnung davon, wie die Erdrinde 500 Kilometer von der Madeleine entfernt aussieht? Wir reisen nicht, aus Dünkel, mein Herr, aus purem Größenwahn. Weil wir der Meinung sind, daß alles nur bei uns vollkommen und absolut sei. Das ist unser Un-

glück. Denn wir zehren noch vom siebzehnten Jahrhundert. Wir sind nicht nur die kleinen Rentner des Wollstrumpfs, sondern auch der cartesischen Philosophie.
Seit hundert Jahren haben wir keinen großen Gedanken mehr konzipiert. Oder?"
Cocherel drehte sich fragend im Kreise um.
Die Freunde Cocherels wußten sehr wohl, daß er Rimbaud für den genialsten Dichter des neuen Occidents hielt, daß er die ganze moderne Aesthetik vom baudelaireschen Dekadenzwillen herleitete, der von Paris aus, und nicht ohne Zutun Cocherels selbst, den Kontinent erfaßt hatte – aber er gab absichtlich dem neuen Ankömmling Waffen, um sich mit ihm schlagen zu können.
Edmund versagte. Er fiel plump in die Falle. Er lächelte dick und murmelte:
„Wenn Sie es selber sagen! Meine Meinung ist es auch. Ihrem Lande fehlen Impuls, Freude und Jugend. Wenn ich Sie so sehe, junge Menschen des Jahrhunderts, grüblerisch, gelangweilt, angeekelt. Warum stehen Sie nicht in den Redaktionen der fortschrittlichen Zeitungen oder mitten auf den Plätzen und kämpfen für die Freiheit? Denn Freiheit, vermute ich, schöne Enkel Robespierres, ist das Hauptwort eures täglichen Gebets? Sie, die Jungen! Oder? Warum lächeln Sie?"
Nun war Edmund in seinem Gleise und hoffte, hier vielleicht eine Schar neuer Revolutionäre heranbilden zu können, die dem bürgerlichsten Land in Europa nottat: Frankreich, o Ironie, der Wiege Desmoulins!
Edmund kam sich bedeutend vor. O welch ein Irrtum. Er predigte Jungens eine Theorie, die sie mit sieben Jahren auf den Schulbänken gelernt hatten, und von der sie

bis zum Ekel müde waren. Er wußte ja nicht, wen er vor sich hatte: eine müde Jugend.
Müde der vier Jahre hindurch in jedem Tagesbericht verbreiteten männlichen Tapferkeit und Tugend, müde der Größe, müde der staatlich und in Marseillaisen proklamierten Freiheit, müde des Fortschritts, bei dem die Volksmassen schwitzen, müde der klassischen oder unabhängigen Schönheit, müde der Worte, müde der Hoffnung, müde ihrer selbst.
Warum hatte er gesprochen, statt zuzuhören? Er imponierte mit seinen als Fertigfabrikat bezogenen Phrasen keinem der Jünglinge, die er zu seinem Ideal heraufzuhissen hoffte. Da erinnerte er sich, wie höhnisch Edgar vor einer Stunde das Wort Ideal hingenommen hatte. Und er schwieg. Es war, als wäre ein großer Ballon plötzlich durch einen Nadelstich zu einem winzigen Gummifetzen zusammengefallen.
Aber Edgar wollte seinem Bruder eine endgültige Zivilisationslektion geben und ließ den Faden nicht fallen. Trotz des verächtlichen Lächelns Mazelles und Drapiers auf der Ottomane wollte er das Thema vor Edmund auf den Grund ausschöpfen, ihm zeigen, wer er und seine Freunde waren.
„Edmund, du kannst nicht wissen", begann Edgar, indem er ihm eine Zigarette anbot und zum erstenmal freundlich schien, „du kannst dir noch nicht vorstellen, wer wir sind, wir jungen Pariser. Du kommst aus einem jungen, naiven Europa, wo selbst die Greise vor ihrem Tod und die Kühe auf den Bergen Ideale haben. Wir, wir sind die Ideallosen. Wir haben keinen Glauben, keine Götter, keine Gesetze mehr. Was nützt uns da die Freiheit? Wir langweilen uns!"
Edmund gab sich alle Mühe, bei dem funambulesken

Ton, mit dem dies Bekenntnis hergesagt wurde, nicht breit aufzulachen. Da machte man ihm das Spiel leicht, dachte er bei sich — und schon quollen als Antwort schwere Worte wie: „Kapitalismus", „Es geht euch zu gut" und „Jeunesse dorée" auf. Aber zum Glück ließ ihn Edgar nicht zum Reden kommen.

„Halt, ich kenne deine Schwerartillerie: Moskau und New York. Für uns erledigt. Für uns gemeinsames Symbol des Fortschritts, der Massenarbeit, des Massenglücks. Zum Heros der Menschheit erkoren der Chauffeur (wie euer Keyserling selber sagt). Menschen, die Ideale haben in Form von Flugzeugen, Maschinenbestandteilen, Bibeln und Menschenrechten! O wie langweilig das alles!"

„Langweilig!" stöhnte Mazelle.

„Zum Verrecken!" machte Drapier.

Edmund riß die Augen auf. Er wollte schreien: Springen Sie in die Luft! Treiben Sie Sport! Trinken Sie Wasser!

„Seit hundert Jahren krankt unser Kontinent an Denkschwund. Das ist unheilbar. Sollen wir arbeiten? Wozu? Uns auflehnen? Wozu? Sollen wir eine falsche Religion annehmen? Aha, Sie rufen uns zu: Revolution! Aufpeitschung des Blutes! Wozu? Wozu?"

„Wozu? Wozu?" echoten die andern auf der Ottomane.

„Das alles hieße die Geschichte vergewaltigen. Wir haben aber die Verwesung und Vertrocknung des europäischen Zoon konstatiert. Logisch bleibt nur eins: den Krankheitsbazillus, die Herde des Todes schüren. Keine individuellen Selbstmorde: Werther ist zu eitel. Aber den Massenselbstmord durch Psychose, durch allgemeine Verschlechterung, Verblassung, Verdummung des Menschen herbeiführen. Und das ist absolut der

Weg unserer Überkultur. Rufet die Amerikaner! Rufet die Neger über Europa!"
„Und ihr?" fragte Edmund, bereits interessiert.
„Tout nous dégoûte. Mais nous nous dégoûtons les premiers. Wir glauben an nichts mehr. Wir nehmen nichts mehr ernst. Nicht Gott, nicht den Präsidenten der Republik, nicht uns selber. Wir glauben nicht an die Heiligkeit der Arbeit in Abflußkanälen, nicht an die unbedingte Unbescholtenheit unseres Vaters, wir haben kein Mitleid und keine Ehrfurcht. Warum auch? Es droht uns keine Strafe."
Edmund war erschüttert. Mühsam brachte er hervor: „Aber der Frühling! Eine reife Erdbeere! Das Leben in einem Tropfen Wasser! Feuer auf einem Berg! Da ist noch was zum Anbeten!"
Da sah er, daß die andern ihn verachteten. Und er schwieg.
Cocherel bot ihm ein Glas Porto an. Drapier machte den Witz:
„Den zum Tod Verurteilten bietet Herr Deibler, der Henker von Frankreich, einen Porto und eine Zigarette an. Sie aber sind zum Leben verurteilt!"
Cocherel sah nervös auf die Uhr. Edgar studierte intensiv die Umrisse einer Zeichnung von Braque an der Wand. Edmund rührte sich nicht vom Stuhl.
„Wie war doch noch die edle Vokabel, die Sie vorhin, ganz zu Anfang gebrauchten, lieber Herr Edmund?" fragte Cocherel. „Ach ja, die ‚Freiheit'! Nun, die haben wir eben, außer aller Revolution, und besser als mit der Revolution. Wir sind vogelfrei, wir haben nichts mehr zu verlieren. Vielleicht haben wir mit unserer Dialektik unrecht. Aber eben! wir wollen unrecht haben. Das macht uns frei. Wir drehen alle Werte um, um frei zu

sein. Um frei zu sein, sind wir untreu, unehrlich, unleidenschaftlich. Wir haben jegliches Interesse an dieser Welt aufgegeben. Wir wollen nicht mehr wollen. Nicht einmal den Tod."

„Herrgott, wie langweilig!" stöhnte wiederum Mazelle, eine Quaste des Vorhangs, der neben der Ottomane hing, endlich, nach wochenlangem Drehen, abgerissen in den Fingern haltend.

„Die Menschen auf der Straße, in den Salons, im Theater werden aus uns nicht klug," fuhr Cocherel fort, „sie behaupten, wir seien Zyniker. Wären wir nur das! Wir benutzen aber natürliche Masken und Formeln, die uns die alte Zivilisation bietet. Wir sind ja ihre Generalerben, und es wäre schade, ein solches Kapital nicht nach allen Regeln der Kunst zu verschleudern, um wenigstens etwas davon zu haben."

4. Kapitel

Es schlug acht auf einer alten Gesimsuhr, auf der ein in dieser Umgebung besonders anachronistischer Hirtenjunge vergoldete Lämmer hütete. Cocherel ging leise auf Edmund zu und sagte ihm, daß die Kutsche unten auf ihn warte.

Edmund sah sich fragend nach ihm um. Welche Kutsche? Aber schon stand auch Edgar neben ihm und sagte präzis und deutlich, in einem Ton der keine weitere Frage zuließ: „Du bist doch um acht Uhr bei Mutter eingeladen!“ Edmund drehte sich nicht um, um nicht in das Gesicht Mazelles sehen zu müssen, das sicher vor Hohn wie ein Clownsgesicht aufgeblasen war. Am peinlichsten war ihm, daß er sich allein verabschieden mußte und nicht durch das Rumoren eines allgemeinen Aufbruchs gedeckt war: aber wie behend schloß sich die Türe hinter seinem Rücken!

Ein Coupé erwartete ihn auf der Straße, die großen Räder blaulackiert, der alte Kutscher schwarzlackiert, das Pferd hellbraunlackiert: wie aus einem Museum dahingestellt. Edmund stieg ein: der Kutscher hatte sich nicht umgedreht. Und konnte es nicht sein, daß irgend ein Passant sich den Witz erlaubt hätte? Der alte Kutscher, die Etikette, die Kultur erlaubten es nicht: unmöglich, daß ein anderer als der Berechtigte an solche Güter gerührt hätte. Der weise, wissende Rücken des Kutschers stand massiv vor ihm, und Edmund wagte sich nicht zu bewegen.

Der Wagen fuhr abseits der geölten Fahravenuen durch

kleine holperige Straßen, wie aus dem Bedürfnis heraus, in seinem Milieu zu bleiben, in seinem Jahrhundert: vorbei an hohen Mauern, die noch die letzten Wipfel hoher Kastanien oder Eschen hervorschauen, noch den feuchten Duft verzauberter Parks durchsickern ließen. In allem war ein geheimer Schmerz und Vorwurf.

Im mütterlichen Hause wurde Edmund erst durch eine lange gläserne Galerie geführt, die wie ein Wintergarten hell und mit einigen exotischen Pflanzen bewachsen war. An Zimmern vorbei, von denen jedes seinen persönlichen Duft hatte, kam er bis zu einem Boudoir. An der Tür überrumpelten ihn zwei nackte Arme, ein Schrei. Eine Sekunde lang.

Als sie sich lösten, sah Edmund einen Kopf mit mahagonifarbenen kurzen Locken, zwei große Augen, ebenfalls aus Mahagoni, und einen roten Mund, etwas gerippt, etwas gesplittert der Mund, das einzige was an Alter gemahnte. Seine Mutter? Er hatte sie im Geist mit einem weißen Schopf ausstaffiert, in schwarzer Seide, ein mildes Lächeln — wie in den Photographiealben seiner Jugend. Vielleicht ein Spaß? Eine Nichte?

Der einzige Satz, den ein geschmeidiger Franzose jetzt aussprechen durfte, war: „Wie schön du bist, Mutter!"

Von Edmunds ungeschickten Lippen aber fiel nur das Murmeln eines geschlagenen Kindes: „Verzeih mir!" Warum: „Verzeih"? Das war so deplaziert, und was noch schlimmer, so wenig galant! (Muß man mit einer Mutter galant sein?)

Die Größe der Augen, die Geste der Arme, die Wärme der Stimme von Madame de Tizac sanken um 30 Grad. Warum dies „Verzeih"? Weil er siebzehn Jahre nicht in diesen Armen gelegen, oder weil er jetzt zehn Minuten verspätet war? Warum dies Schuldigsein eines unschul-

digen Kindes, das der Mutter erst ihre wahre Schuld aufdeckt?
Innen im Boudoir registrierten die Gäste sofort den Temperaturwechsel, und aus dem Verlorenen Sohn wurde bereits ein Eindringling.
Nur zwei intime Gäste hatte die Mutter noch zum Empfang Edmunds geladen. Ihren alten Kavalier de Saintes und eine sehr begabte und auch sehr warmherzige, einfache Sängerin, Mademoiselle Edmée Blanc: zwei Gegengewichte, die zwischen Mutter und Sohn während des Diners spielend die Balance halten sollten. Je nach seinem Charakter konnte Edmund bei de Saintes sich über Pferde oder Feste erkundigen, oder zur Sängerin, die zwischen den Altern stand, gebeugt, Anmut oder Feuer an den Tag legen. Binnen zehn Minuten hoffte Madame de Tizac sicher Charakter und Anlage ihres Sohnes durchschaut zu haben. Die Menschen, mit denen man sich einläßt, und sei's nur für ein Diner, sind Partner eines ernsten Spiels.
In einem guten Hause werden an den Gast keine Fragen gestellt, Erklärungen scheinbar abwesenden Ohres aufgenommen, und sonst unablässig Anekdoten erzählt, deren Kolorit mit den Weinen steigt. Anekdoten sind das Geplätscher, das das Schlagen der Uhren und der Herzen übertönen soll. Edmund, von der exquisiten Kost, der klaren Ruhe im Raum, der unglaublichen Freundlichkeit und Verbindlichkeit des alten Herrn, der warmen Sympathie der Sängerin, der Schönheit seiner Mutter betäubt, ließ alles das beseligt mit sich geschehen, aß, lehnte sich im bequemen Sessel zurück, lächelte gnädig den leisen Witzen zu und schwieg. Er benahm sich als Mufle. Er war der Jüngere bei weitem, er war der Fremde und der Gast und sollte gewissermaßen

dem ruhigen, täglich gleichen Tisch ein Gastgeschenk mitbringen: Leben! Das ist der Trank, der neben Bordeaux und Vichy auf den feinen Tafeln fehlt: Leben!
Edmund merkte wohl, daß diese Tischgesellschaft nur eine Maske des Lebens trug und daß sie in allen Hotels und Villen von Passy ähnlich aussah: Menschen, die sich in eine alte Kultur fröstelnd zurückzogen, weil sie sonst von dem Feuerwagen einer neuen Epoche zermalmt würden.
Der alte Herr erzählte überschwänglich aus seiner Jugend. Wie glorreich erscheinen vergangene Jugenden immer, und wie belanglos die eigene! Aber der Franzose treibt die Courtoisie soweit, daß er den schönsten Erlebnissen, von denen er berichtet, ein Körnchen Ironie und Ungunst beifügt, Pfeffer und Lorbeer, um so den Zuhörer gnädig zu stimmen und ihm den eingeborenen Neid wegzuwürzen. De Saintes hatte Anatole France gekannt, ihn fast jeden Sonntag in einem befreundeten Salon getroffen. Aber ahnend, daß France für die Generation Edmunds ein gefallener Gotts sei, suchte er nur Anekdoten heraus, die den Dichter in ziemlich lächerlichen Situationen zeigten. De Saintes hatte Alexandre Dumas' Tochter einst stark den Hof gemacht, hatte auch Marcel Proust geduzt, von dem er keine andere Erinnerung hatte als daß er ihn in allen Salons des Boulevard St. Germain mit einem wächsernen Lächeln den Damen hatte Tee servieren sehen: „Unter uns, er war damals schon selber das gelungenste Vorbild seiner Snobs!“
Die Sängerin war nicht ohne Charme. Sie hatte Arme wie Früchte, bei denen man sich fragt, ob sie frisch oder kandiert sind. Sie luden zum Biß ein. Sie mochte wohl nichts sehr ernst nehmen, weder die Liebe, noch das La-

chen, noch ihre eigenen Augen: denn sie warf das alles viel zu ungezügelt um sich.
Die Mutter war verhalten. Sie legte zuweilen ihre Augen wie zwei Rosen auf die ungepflegte Hand, auf die pickelbesternte Stirn ihres Sohnes, als ob sie das alles mit Liebe verdecken könnte. Es ging schwer. Sie war nicht sehr begeistert von ihm. Er sah gesund aus, und sie hätte es lieber hingenommen, wenn er leicht schwindsüchtig gewesen wäre, weil Blässe ihn geadelt hätte. Was hat er nur hinter seiner Stirn! wiederholte sie immerzu bei sich selbst. Dieser Vorsprung über den Augen quälte sie. Erst bei der Poularde erinnerte sich sich, daß es ein Vermächtnis seines Vaters war. Sie dachte, sie sagte: „sein Vater", nicht: „mein erster Mann".
Beim Dessert lief man leicht, wie auf Schlittschuhen, über ebenes politisches Terrain. Zu Edmunds größtem Erstaunen war man über Extremstes, über kommunistische Abgeordnete fast milde zu sprechen. (Er übersah das Lächeln.) Man amüsierte sich über die Kapriolen eines Doriot in der Kammer, regte sich über verschärfte Erbgesetze nicht auf, erkannte gewissermaßen ihre Notwendigkeit an, man schimpfte über einen lächerlich eitlen Nationalistenführer: ja was war denn das? Das war, daß die französische Elite immer ein bißchen frondiert, daß der Franzose in der Intimität eher über seine Lieblinge scherzt als sie lobt, teils weil er zu klug ist, um nicht auch die Gegenansicht zu verstehen, teils aus Selbstironie. Ein Fremder mißversteht letztere oft, fällt tapsig darauf herein. So Edmund. Endlich durch Wein und soviel Zutrauen zu sich gelöst, begann er, als man von Tisch aufgestanden war, auch über sich zu sprechen, über seine Tätigkeit in der fortgeschrittenen Presse, und packte großzügig und schwerfällig seine

Ideale eins nach dem andern aus. Edgar hatte ihm doch schon eine kluge, aber zu feine Lektion gegeben, als er am Nachmittag ausgerufen hatte:
„Was, du hast Ideale? Wie zum Donnerwetter sieht denn so ein Tierchen aus?"
Wenn man mit Idealen aus der Schweiz kommt und diese womöglich für teures Geld noch hat verzollen müssen, wenn man einen ganzen Krieg lang vom Prinzip der Güte geträumt hat, womöglich davon dick geworden ist, da gibt man sie nicht preis, in einer seligen Stunde, im Zirkel von drei freundlichen und zartfühlenden Gastgebern. Da sprach er denn von der großen Völkerverbrüderung in der Revolution, brachte sämtliche Bilder und Phrasen seiner Artikel und Volksversammlungsreden vor, sprach, sprach, wie jemand sich nach zu gutem Essen erbricht. Er sah die drei Gesichter, die noch höflich gebeugt waren, aber Eiskugeln beherbergten statt Augen. De Saintes lächelte dann wieder. Fräulein Blanc puderte sich und, als sie ganz plötzlich in einer weißen Wolke auf und davon ging, erbot sich der alte Herr eiligst, sie zu begleiten.
Als Edmund schließlich mit seiner Mutter im tête-à-tête zurückgeblieben war, legte sie ihm leise die weiße Hand aufs schuppige Haar:
„Armer Junge, ich darf dir keine Vorwürfe machen. Sondern du mir. Nein, schweige. Ich bin schuld daran, daß du bist, schuld, daß du so bist. Du hast dich frei geformt, so wirr wie dein wildes Haar hat dein Geist im Freiheitswind ausgeschlagen. Du hast Ideale im Kopf, mein armer Junge, und dazu einen schmierigen Schlapphut und Schuppen im Haar. Vielleicht kannst du so glücklich bleiben. Ich wünsche es dir. So aber gehören wir zwei verschiedenen Menschensorten an, die wenig

voneinander haben. Ich werde immer verstehn, was du tust, aber du kannst nicht von mir verlangen, daß ich mich für dich ändere. Du hast deinen Bruder Edgar gesehen. Ihr seid zwei Welten, ihr beide. Du wirst sagen, wir hier seien Greise, wir lebten in den Formen der Vergangenheit, wir seien abgetan, erledigt. Es mag sein. Dir sind unsere Manieren vielleicht unerträglich. Sei mir nicht böse. Aber wenn du ein anderes Mal zu mir kommst, zieh andere Schuhe an, einen Kragen, der zum Hemd paßt und laß dir die Haare schneiden. Und, und..."

Edmund stand feierlich auf, ging langsam zur Türe. Dort drehte er sich um, wartend.

„Und... und meine Seele, Mama?"

Der Rimmel war bei der Aufregung in die Augen der Madame de Tizac gefloßen und beizte sie. Sie wandte den Kopf nach hinten, vor Schmerz. Edmund mißverstand aber die Geste und glaubte, sie verberge Tränen. Da riß er überwältigt seine Mutter in seine Arme, küßte sie ins Haar und lief darauf atemlos zum Hause hinaus.

5. Kapitel

Vom Trocadéro-Platz aus schlenderte Edmund langsam eine breite Avenue zu den Quais hinunter, um zu Fuß, an der nächtlichen Seine entlang, nach Hause zu gehen. Irgendwo in dieser kirchenleeren Gegend läutete eine Uhr dieselbe Stunde, zu der er am Abend zuvor voll gigantischer Hoffnungen das fremde Land mit den Idealen verlassen hatte. Wie vieles war während dieser einen Sonnenumdrehung geschehen: mehr als in den dreißig Jahren seines Lebens zuvor. Er hatte einen Schlag Menschen entdeckt, der ihm fremder erschien als die Völkerschaften der Südsee, von denen er durch Bücher wußte. Er hatte eingesehen, daß Mutter und Bruder Begriffe aus einer längst verschollenen Zeit sein mochten, daß Familie ein schönes Wort für Moralprediger ist, aber daß man auf dieser makadamierten Erde allein, allein ist.

Er hatte die berühmte europäische Zivilisation in ihren letzten Exponenten beobachtet: bei den Alten und bei den Jungen. Er hatte all die Schönheit und Präzision dieser überlieferten Daseinsformen kosten können und gleichzeitig zusehen müssen, mit welcher perversen Wollust die gesegneten Erben sie mutwillig zerrissen und zertraten.

An den Wassern der Seine wollte er weinen. Diese Wasser, die immer gleichmäßig unter dem Joch sovieler ungleicher Brücken hinfließen und das Epos eines ganzen Geschlechts im Rhythmus der Ewigkeit begleiten; die vom Pont d'Austerlitz bis nach Auteuil die Monumente übermütiger Größe spiegeln und dazwischen den Himmel voll einfältiger Geduld. Wo liegt das Wahre: im sichtbar Menschlichen, im unfaßbaren All? Die roten Laternen der Brücken ergossen ihr Blut in die Wellen wie durchbohrte Herzen. An den Ufern entlang waren Colliers von Opalen und Perlen gehängt. Hoch im Gebirg der Häuser, in den Mansarden brannten die kleinen Lampen der letzten Dichter.

Als ein veränderter Mensch kehrte Edmund in sein Hotel des Grands Hommes zurück. Der taufrische Optimismus seiner einfachen Natur war gewelkt.

Mit Mühe fand er sein Zimmer, am Ende eines Zickzackgangs. Auf dem Boden, hell im Mondschein, lag bei der Türe ein Brief. Edmund hob ihn langsam auf, nahm sich die Mühe nicht, das Elektrische anzudrehen, lehnte sich ans offene Fenster. Da erkannte er die Schrift: Lola! Er las, Lola war in Paris, seit fünf Monaten bereits. Sie lebte in demselben Hotel und hatte seine Adresse zufällig im Büro gelesen. Sie bewohnte Zimmer 15. Er solle sofort herunterkommen.

Edmund zerknüllte den Brief und legte sich schlafen. „Schicksal“ nannte er, wie alle Schwachen den Umstand, daß Lola in Paris war, und daß Lola im Hotel des Grands Hommes wohnte. In Wirklichkeit kam es daher, daß sie beide einunddieselbe Person um Pariser Hoteladressen gefragt hatten!

Eine halbe Stunde später wurde Edmund geweckt, durch ein Bild, das kein Traum war.

Auf den Hügeln von Chailly, über Lausanne, eine emailblaue Villa, von Rhododendren und Schwertlilien umwachsen. Da wohnte Lola, die schwarzhaarige Russin, mit ihrer Mutter und ihrem Brüderchen. Ihre Haut war weiß wie der Dent du Midi, den man von der Ter-

rasse aus sah und sie zeigte sie gern. Edmund hatte sie vor dem schwarzen Brett der Universität kennengelernt. Wo soll man Russinnen sonst kennen lernen? Und was sollen sie sonst studieren als Medizin?
Sie hatten sich schnell angefreundet. Im gleichen Alter ist eine Frau dem Jüngling immer überlegen, aber eine Russin dem Occidentalen zehnfach. Man bekommt sie, entweder durch überraschenden Handschlag sofort, oder niemals. Edmund war nicht flink genug gewesen. Übrigens wob er, sentimental wie er war, bald Geheimnisse um sie. Sie erzählte ihm offen von ihren früheren Flirts: mit sechzehn Jahren ein Marineleutnant in Orenburg, weil die Uniform so fesch war, später ein armer Student von Odessa, in Berlin ein Journalist, kurzum ... Was aber Edmund Gedanken machte, war ihre wilde, heiße Liebe zu dem Brüderchen, das immer krank war. Eines Abends weinte sie grundlos, während sie mit dem Fernrohr einem weißen Dampfer auf dem Genfersee nachsahen, der gen Evian fuhr. Dem Brüderchen küßte sie die Hand, wie um Verzeihung. Von da ab vermutete Edmund, daß Sergej ihr Kind war.
In der Wohnung die Stimmung ewiger Auswanderung. Die Mutter pendelte in crêmefarbenem Négligé, mit einem Zwicker auf der Nase und mit schrillen Hilferufen zwischen Küche und Schlafzimmer. Immerfort wurden Kuchen gebacken. Im übrigen war die Frau Blechkin hilflos wie ein Kind und überließ der Tochter die wirtschaftliche, finanzielle und moralische Verwaltung des Hauses. Sie bekam von Lola von dem Monatswechsel, den der Vater aus Kiew schickte, achtzig Franken für die Küche. Immerzu schrie und klagte sie um Zuschüsse. Aber Lola war hart. Trotzdem gab es jeden Tag Borschtsch und Quarkkuchen.

Edmund ging im Hause ein und aus, wie er wollte. Und das war sein Unglück. Seine Stellung als Geliebter galt in den Augen Lolas, der Abenteurerin, als endgültig überwunden, nachdem er sie am ersten Abend nicht besiegt hatte. Er war nur noch Freund. Er verstand es nicht und hielt sich für berechtigt, sehr unglücklich zu sein. Sie machten große Spaziergänge im offenen, verwilderten Park eines nahegelegenen Schlosses, brachen manchmal vor Morgengrauen auf, mischten sich unter die Schnitter und trieben Tollheiten im Heu, plünderten Pflaumen- und Mirabellenbäume, ritten auf Bauernpferden ins Land. Fremden stellte sie Edmund als ihren Bräutigam vor. Wenn er aber anfing, weich zu werden, lachte sie ihn aus.
Eines Abends lud sie Edmund ein, mit ihm ins Old-India-Café zu gehen. Dort sah man die kaffeebraunen Brasilianerinnen, die geschmeidigen Spanier, die müden Engländer, die für eine Stunde aus ihren Palaces entflohen. Unversehens setzte sich ein Mann an den Nebentisch, ohne die beiden vorerst zu beachten. Aber Lola sah bald verstrickt zu ihm hinüber wie ein gefangenes Vögelchen. Sie wollte aufstehn, war blaß, da drehte der Nachbar sich um, und seine Augen schimmerten auf wie Stilette. Er begrüßte sie ruhig und ließ sich Edmund vorstellen. Seit Orenburg, ja richtig, seit Orenburg habe er sie nicht mehr gesehen. Er sei Attaché beim Genfer Konsulat. Genf? Ein Leben ohnegleichen. Hotel des Bergues. Um 11 Uhr 5 gehe der Zug, in dreiviertel Stunden. Lola fuhr mit ihm in derselben Nacht. Sergej war sein Sohn.
Das alles hatte Edmund die ganze Nacht wieder neu durchlebt. Da schlug es vier Uhr vom Turm St. Geneviève, und er konnte endlich einschlafen.

6. Kapitel

Edmund klopfte an Nummer 15, und nicht eine, drei Stimmen riefen Herein. Im Bett lag eine blasse, müde und viel schöner gewordene Lola, denn ihre schwarzen Jadeaugen erschienen fast doppelt so groß wie früher: so erscheint uns manchmal der Morgenstern, wenn er sich der Horizontlinie nähert, viel riesiger als mitten in der gewöhnlichen Nacht. Ihr Haar quoll in gequälten Windungen um Hals und Stirn. Sie drückte den struwweligen Kopf des noch schlafenden kleinen Sergej an ihre Brust. Links, am Fenster, saß Madame Blechkin auf einem Koffer und stopfte Strümpfe, wobei ihr der Zwicker immerfort von der Nase rutschte. Sie mußte die Nacht auf dem Diwan verbracht haben, denn dort häuften sich Decken, Unterröcke, ein Pelzmantel in heilloser Unordnung. Schachteln, Schuhe, Köfferchen versperrten überall den Weg. Auf dem Tisch mit dem Plüschüberzug ein halb ausgeschütteter Teekessel und zwei schmutzige Tassen. Quarkkuchen.

„Edutschka!" rief Lola mit sichtlicher Freude. Sie hielt ihm den Arm hin, der weiß war wie der Dent du Midi. Frau Blechkin stand auf, verstrickte sich in ihrer Wolle und stieß kleine Töne aus wie ein Wiesel.

Edmund vermochte nicht zwei Minuten die Maske des Beleidigten auf dem Gesicht zu behalten und kniete am Bettrand nieder. Es war ein zu furchtbarer Anblick der Misere und der vollkommenen Ergebung ans Geschick. Er verstand im Augenblick, was alles geschehen sein mußte seit dem Abend, seit der Minute, die er letzte Nacht im Traum wiedererlebt hatte. Und kaum war die erste Überraschung vorüber, da erzählte ihm Lola auch schon die wirkliche Fortsetzung ihrer Geschichte:

Die Flucht nach Genf, ins Hotel des Bergues, mit dem ersten Geliebten ihres Lebens hatte kaum zwei Wochen gedauert. Diese waren allerdings himmlisch gewesen. Die alte Liebe zweier Götter war für kurze Zeit aufgeflackert: das Paar schwarz in schwarz, erregte Aufsehen in ganz Genf. Wenn Lola auf dem Balkon lag, fühlte sie sich dem Mont Blanc ebenbürtig, und wieder rein wie seine Gletscher. Von allen Gesandtschaften kamen die Kameraden Saschas, um das Wunder einer ewigen Liebe zu besichtigen. Ein Perser war darunter, mit zartgeschliffenen Knöcheln, der ließ es sich nicht nehmen, Lola mit Hafisliedern und Huldigungen zu überschütten, die süß waren wie Lukum, sodaß sie lachend zu Sascha sagte, sie habe Zahnschmerzen davon. Eines Tages hatte dieser auch verlangt, seinen Sohn Sergej zu sehen. Man verabredete eine Zusammenkunft mit Frau Blechkin in Nyon. Diese fuhr mit dem ersten Frühzug von Lausanne ab und kam, prustend, eilfertig und das halbgekämmte, schlechtgewaschene Kind hinter sich ziehend, im genannten Wirtshaus am See zu einer Stunde an, zu der die Tische noch übereinander lagen und die Kellner in Hemdsärmeln ihre Socken im See wuschen. Zwei Stunden wartete sie dort, verlor dreißigmal ihren Zwicker, bis endlich ein Glas zerbrach. Das war eine Katastrophe. Sie mußte in die Stadt laufen und fand in ihrem gebrochenen Russisch nur mit Mühe einen Optiker.

Mittlerweile kamen auf majestätischem Dampfschiff die Geliebten von Genf an. Ein kleines Gezänk, wie

eine rötliche Flamme, schlug aus ihrer Ungeduld. Die siebenhundert Heiligen Rußlands wurden gegen die arme Mutter aufgerufen.
Und schon wollten sich die beiden zum Bahnhof wenden, unschlüssig ob in der Richtung nach Lausanne oder nach Genf, da tauchte im Hintergrund des Gartens in Schweiß und Tränen aufgelöst Frau Blechkin auf, Sergej zehn Meter hinter ihr. Statt Sascha zu begrüßen, klagte sie über seine Unpünktlichkeit, die schweizerischen Geschäftsleute, die schlechten Schiffsfahrpläne und den Lümmel Sergej, und merkte nicht, daß Sascha ein saures Gesicht schnitt.
Der Knabe, der zwar die Kohlenaugen der Geliebten hatte und des Vaters eigene vererbte Grazie und edle Blässe, mißfiel ihm wegen seines wilden Trotzes. Die Limonade, die serviert wurde, war bitter, das Bier warm. Und alle diese Getränke, inbegriffen die da und dort vergossenen Tränen, befleckten die Liebe der beiden Entrückten mehr, als sie ahnen konnten. Sie machten den Brautschleier zuschanden.
Lola trug ein wunderschönes smaragdgrünes Seidenkleid, das ihr der Geliebte in Genf gekauft hatte: Frau Blechkin bewunderte es eingehend und fragte nach dem Preis. Lola drehte errötend den Kopf nach dem See, sprang dann plötzlich auf und rief unvermittelt, man müsse zum Zug eilen. Ein groteskes, aufgeregtes Rennen zum Bahnhof folgte.
Sascha fand keine Zeit, sein Kind bei der Hand zu nehmen und ihm die paar großen unvergänglichen Worte zuzuraunen, die die Nahrung für ein ganzes Leben werden können, und die von Blut zu Blut hinüberzünden wie elektrische Funken.
Vater und Sohn wurden auf immer durch die Unbehol-

fenheit einer armen, zwickerbehafteten Frau auseinandergeworfen.
Auf der Rückfahrt nach Genf hüllte sich der orangene Mont-Blanc in düsteres Gewölk. Sascha las ein Journal. Lola zerbiß ihr Taschentuch.

*

War Edmund heute noch immer in sie verliebt? Er weinte zweimal während dieser Erzählung, die Lola eigentlich mit lustigem und fast losgelöstem Tone berichtet hatte, als handle es sich gar nicht um sie. Aber hier und da hatte sie den schlafenden Knaben mit einem Blick zugedeckt, mit einer gewissen zornigen Zärtlichkeit abgeküßt, die Edmund an ihr nicht kannte.
Und eine große Hoffnung, größer als ganz Paris, das sich ihm eben zu offenbaren begonnen hatte, kam über ihn: die Frau, die er liebte, um derentwillen er einmal die Linie seines Lebens gewaltsam abgebogen hatte, wurde durch Schicksal, an das er immer mehr glauben wollte, zu ihm zurückgeschleudert. Da lag sie, besiegt, blasser und schöner als je. Das Triumphgefühl des obwaltenden Mannes, das alle Männer, selbst die Rivalen, dem Weib gegenüber solidarisch macht, bemächtigte sich seiner. Er spürte einen Augenblick den Geschmack der Rache auf der Lippe, wie von einer exotischen Frucht. Und Edmund dachte schon, er brauche nur der Unglücklichen die Hand hinzustrecken, um sie endgültig zu besitzen.
Schon kristallisierte sich in seinem Hirn eine Zukunft: Ich werde Arbeit finden in einer Redaktion, sie in einer Klinik. Die Mutter lebt mit uns. Wir heiraten in der russischen Kirche. Ich anerkenne Sergej. Oder wir können

auch nach der Schweiz zurückfahren. Nein, man soll niemals zurückfahren.
Sechzig Sekunden lang erschien ihm das alles möglich. Madame Blechkin schleuderte mit ihrem Zwicker vom Koffer aus wilde Blicke auf die beiden, und wie durch Gedankenübertragung hatte sie eine ähnliche Vision. Und Lola, die in die Kissen zurückgefallen war, suchte wohlwollend im Gesicht Edmunds alles zusammen, was für ihn einnehmen konnte. Um die Augen herum, selbst bei den Häßlichsten, stagniert immer etwas Seele, die lockt.
Edmund fragte nicht, wie sich das Drama in Genf zu Ende entwickelt hatte: es war zu leicht zu erraten. Aber wie das gekommen war, daß er dann in Lausanne niemanden mehr von der Familie getroffen hatte? Und wie sie plötzlich nach Paris gefahren waren? Seit wann?
Er hatte aber keine Eile mehr, es zu erfahren. Sie hatten ihr ganzes Leben damit auszufüllen, das Wunder zu erklären, das sie wieder zueinandergebracht hatte.
Da klopfte es an der Tür. Ein Herr fragte nach Edmund. Richtig, Edgar sollte ihn um zwölf abholen. Im Gefühl seiner Macht und seines Glücks ließ er ihn unvermittelt hereinrufen. Er wollte dem Jüngelchen, das ihn gestern so überlegen und herablassend behandelt hatte, auch mit etwas Verblüffendem aufwarten. Ob der was von russischen Karawansereien kannte, der Salonsnob? So ein Exemplar wie die zwickerbehaftete Madame Blechkin?
Edgar trat mit ehrerbietiger und abwartender Spannung in das dunkle Zimmer, und übersah zuerst die Situation sehr schlecht. War Edmund im Hotel was passiert? Lag ein Diebstahl bei diesen armen Frauen vor? Er drehte sich nach der Bettdecke um: irrte er sich nicht?

„Lola!“ rief er und eilte, die bleiche Hand zu küssen, die an den Laken herunterhing.
„Ihr kennt euch?“ fragte Edmund, wie ein Ertrinkender.
„Ich ahnte nicht, daß Sie hier wohnen!“ sagte Edgar und beugte sich zu der jungen Frau hin.
„Niemand in Paris ahnt es!“ machte Lola.
„Aber!“ murmelte Edmund.
Es fiel niemand ein, dem staunenden Edmund gleich eine Antwort zu geben. Es wäre auch viel zu schwer gewesen. Wer sollte wem zuerst erklären? Lola Edmund? Edmund Edgar? Edgar Lola? Und alle drei Madame Blechkin?
Da fand Lola schnell die geeignete Lösung. Sie nahm einen Spiegel, der über dem Bett an der Wand hing, und stieß plötzlich einen erschütternden Schrei aus: Gott, wie sah sie aus! So empfing sie ihre Freunde! Madame Blechkin stand majestätisch auf und trieb die beiden Herren zur Türe. Sergej schlüpfte aus dem Bett und gab ihnen Püffe in die Beine.
Ohne ein Wort vorzubringen, fanden sich die Brüder lachend im Korridor Nase an Nase.

7. Kapitel

Edgar war viel weniger verschlossen und herb als tags zuvor. Es schien, als habe er eine Maske abgelegt, mit der er die Rolle des Jahrhundertmüden gespielt hatte. Er war frisch wie nach einem Bad, erlaubte sich sogar einige Studentenwitze, über die er gestern, in seiner altklugen Laune, bösartig und verbissen die Stirn gerunzelt hätte.

Edmund wurde aus ihm nicht klug. Wie war er in Wirklichkeit: der von gestern oder der von heute? Hatte er bereits von der Mutter (telephonisch) erfahren, wie meisterhaft Edmund den Alten die Wahrheit gesagt hatte? Oder hatte ihn das Erlebnis mit Lola so verändert? Edmund zitterte vor dieser letzten Hypothese. Zitterte so sehr, daß er überhaupt keine Frage über Lola zu stellen wagte. Edgar vermied es vorläufig auch. So schlenderten sie den Boulevard Saint Michel hinunter.

„Paris wird dich doch noch ganz umformen", sagte Edgar. „Keiner entgeht seiner Wirkung. Es ist ein schlimmes Narkotikum. Die Fremden saugen es in sich ein wie Opium. Der Anfangsrausch, der Wonnetraum von Montmartre und den Elysäischen Gefilden hält lange an. Wer aber schließlich hängen bleibt, der hat seine Seele verkauft."

„Ich werde kaum lange hier bleiben!"

„Du willst deine Ideale retten!"

„Ich kann sie auch hier verwerten."

„Wenn sie Geld einbringen, ja! Wir sind Realisten, in Frankreich!"

„Macht ihr euer Land nicht herunter, um es aus dem Mund der anderen umso höher gelobt zu hören? Ihr kokettiert mit eurem Vaterland. Aber wehe, wenn ein Fremder es angriffe!"
„Tiens! Tiens! Du hast schon was gelernt!" lachte Edgar.
„Ihr habt mich gestern genügend mores gelehrt."
„Das ist nun wieder die Angst des Bauern vor dem Mann mit der Hosenfalte. Nein, nein, ich versichere dir, unsere Verzweiflung ist echt, und unsere Verachtung des Nächsten maßlos."
„Diese Lehre von der Lüge wendet ihr in der Praxis an?"
„Sie stellt unsere zehn Gebote und dreizehn Glaubensartikel dar."
„Und glaubt ihr nicht auch, daß ihr euch zuweilen selbst anlügt?"
„Das gehört dazu", parierte Edgar ruhig. „Das ist sogar das Schönste an der Sache. Das gestaltet das Leben etwas bunter. Sonst müßte man ja gleich vor Banalität krepieren?"
„Aber — die Liebe!" landete Edmund jetzt bei seinem Lieblingsthema. „Könnt ihr, die ihr das Gewissen, den Glauben, die Hoffnung abgeschafft habt, könnt ihr mit gestutzten Flügeln lieben?"
Edgar lächelte, weil er die Frage nicht auf ihre Tiefe hin prüfte. Weil er nicht an sie dachte. Weil er noch nie geliebt hatte. Und weil bei seinen Kameraden eben eine Lieblingsformel geprägt worden war: „Es gibt keine Liebe mehr!" Wie altmodisch kam ihm dieser Mitropäer vor!
„In der ganzen Welt keine Liebe mehr?" wiederholte Edmund.
„Was geht mich die ganze Welt an. Mögen die Hirschkä-

fer und die Turteltauben, die spanischen Ritter und die schlesischen Sklaven weiter der Natur gehorchen, für uns Überzivilisierte ist Liebe ein sinnleerer Begriff geworden."
Vor dem Musée de Cluny blieb Edmund stehen und sagte mit fast zitternder Stimme: „Nun! Ich liebe!"
Die beiden Brüder sahen sich in die Augen.
„Lola?" lächelte Edgar.
Edmund antwortete nicht und ging weiter. Edgar holte ihn erst beim Zeitungskiosk wieder ein.
„Mehr denn je sehe ich ein, daß du zu unserer Theorie übertreten mußt", bemerkte Edgar sachlich und hielt den Bruder am Arm zurück, der eben in einem gefährlichen Moment die Straße passieren wollte. Und dann sagte er brutal: „Ich habe vorgestern mit ihr geschlafen!"
Eine dichte Menge hatte sich am Trottoirrand angestaut, um die Wagen- und Tramflut vorüber zu lassen. Unbekümmert um die ganze Umgebung ergriff Edmund seinen Bruder am Mantelkragen, stellte sich hart vor ihn hin, bohrte seine kleingewordenen Sepiapupillen in die zwei blauen, erstaunten Augen und schrie mit so rauher Stimme: „Sag, daß du lügst!", daß sich mehrere Passanten zwischen die beiden Brüder warfen und sie unsanft auseinander trieben. Ein Schutzmann drehte sich bereits um. Es dauerte fünf Minuten, bis Edmund und Edgar dem nicht mehr sich lösenden Menschenauflauf klar gemacht hatten, daß sie Brüder und vollkommen einig seien.
Aufatmend traten sie in das Restaurant Duval, wo es sehr still wie in einem Kloster zugeht. Alte Serviermädchen, wie fromme Schwestern angezogen, lächeln gütig, indem sie sich nach eines jeden Begehr erkundigen

und fromme Ratschläge erteilen. Sie bestellten gefüllte Tomaten, Turbot mayonnaise, Agneau verte pré und Baisers. Halt, eine Flasche Anjou!

„Etwas springt zuweilen aus Idealen schon heraus", begann Edgar, während der Fisch serviert wurde. „Man muß sie nicht immer mit Sternen oder Margeriten verwechseln. Sie wirken zuweilen auch wie Dynamit. So im gewesenen Zarenreich. Und bei der großen Explosion wurden sämtliche Sterne und Blumen, die bisher im kühlen Osten unerkannt gestanden, über Europa verschüttet und schmücken es jetzt mit fremden Farben. Das sexuelle Leben des Kontinents hat an etlichen Volt zugenommen, seitdem die Russinnen es mit ihrer eigenen Elektrizität neu geschürt haben. Ohne die Russinnen ist die Liebe in Berlin oder in Paris nicht mehr denkbar."

„Du behauptetest doch vorhin, es gebe keine Liebe mehr?" unterbrach ihn Edmund, kaum mehr böse.

„Nein, aber Russinnen gibt es. Ich habe doch auch nicht die Existenz der Frauen geleugnet. Aber laß dir weiter erzählen. Achtzig Prozent aller Russinnen, die sich in allen Vierteln von Paris niedergelassen haben, in denen der Mode, des Geschäfts, des Tanzes und der Kunst, achtzig Prozent davon sind Generalinnen oder Großfürstinnen. Die frühere klassische russische Studentin ist ausgestorben. Sie würde nämlich immer noch als Revolutionärin gelten, und die ist außer Mode gekommen: sie bietet keine Originalität mehr. Und außerdem, was suchte sie in Europa, sie gehört nach Moskau.

Ich will dir erzählen, auf welch wundersame Weise einer meiner Schulkameraden Bardirektor geworden ist. Er lernte die Witwe des größten Generals der Ukraine in der Untergrundbahn kennen. An jenem Tage schütterten die Wagen dermaßen, daß ihre Knie immerfort aneinandergerieten und besondere elektrische Funken durch Seide und Stoff hindurchbrannten. Mein Freund war vor einer so edlen Generalin so schüchtern, daß er zur Seite schaute: aber auch sie schaute zur Seite, und beider Blicke trafen sich in der zitternden Spiegelscheibe und gerieten von nun an nicht mehr auseinander. Vielleicht würde man das bei euch in Mitropa schon Liebe nennen.

Sie stiegen wie zufällig an derselben Station aus, und diese unleugbare Wahlverwandtschaft schmiedete sie zu einem vorläufig unzertrennlichen Paar zusammen. Die Straßen waren von Autos überfüllt, die Cafés von Menschen, und so entschlossen sie sich, eine gemeinsame Ruhestätte in einem Hotel Meublé der Rue St. Lazare zu suchen. Vielleicht nennt man das Liebe in Mitropa. Die Generalin sprach sehr schlecht französisch, sollte aber ein Restaurant aufmachen. Der ehemalige Direktor des Smolny-Instituts, der Generalstabschef Wrangels und ein Pope, der sie zur Welt hatte kommen sehen, verschafften ihr ein Lokal in Montparnasse und etwas Geld, um eine Bar aufzumachen und redlich ihr Leben zu fristen. Nun mußte sie die ganze Installation einkaufen. André sollte ihr helfen. Sie erkundigten sich im Hotelbüro, wo man eine Mahagoni-Bar, dazu gehörige Stühle, Tische, Aschenbecher, Wein, Vermouth und Sektgläser kaufe. Man verwies sie ins Viertel der Bastille. André kaufte so gut ein und hatte so rote Lippen, daß sie ihn bat, ihr Barmann zu werden. Heute ist er Mitinhaber."

„Wozu das alles?" fragte Edmund tonlos und nervös.

„Ruhe. Geduld. Das ist die Bar geworden, in der wir uns treffen, Cocherel, Mazelle und alle anderen Jünglinge des Jahrhunderts. Dort wird der Niedergang der Zivilisation dekretiert. Es werden dazu die heiligen Riten des Tangos ausgeführt, edle Türkenzigaretten geraucht und Sätze von André Gide zitiert. Jede Nacht begraben wir Europa. Zu diesem Behuf sind uns die Russinnen behilflich, lauter Standesgenossinnen der Generalin, denn sie sind die intelligentesten unter den Frauen der Welt, und sie verstehen uns, während die Französinnen zu bürgerlich, die Amerikanerinnen zu pervers und die Spanierinnen zu launisch sind. Die Russinnen verstehen, daß es keine Liebe, keine Götter und keine Schranken mehr gibt. Sie waren alle einmal große und ehrenwerte Frauen, aber sie sind logisch: bei einem Brand geht man nicht die Treppe hinunter, man stürzt sich besser zum Fenster hinaus —: Und jeden Abend stürzt sich Lola zum Fenster hinaus."

Edmund senkte den Kopf. Dann nahm er Edgars Hand: „Ich danke dir. Schonender kann man nicht sein. Ich hielt dich doch für brutaler."

„Wieso?" tat Edgar mit veränderter Stimme. „Schonend?"

„Du kennst wohl die ganze Geschichte mit Lola, meine frühere Freundschaft mit ihr, Genf und so weiter?"

„Kein Wort!"

„Daß ich sie seit drei Jahren liebe, sie heiraten wollte, und daß Sergej ihr Sohn ist?"

„Kein Wort! Ich dachte viemehr, du kennest sie erst seit gestern, im Hotel..."

Also Edgar wußte nicht einmal? Und es war keine andere Pointe dabei als die berühmte Ironie des Lebens? Er kannte Lolas Vergangenheit nicht und zählte sie zu den achttausend russischen Generalinnen von Paris? Und er, Edmund, dankte ihm? Ihm schien sein Bruder als der Geist der Verneinung zugesellt zu sein. Bei jedem Schritt, den er in Paris tat, wurde ein anderer Pfeiler seiner bisherigen Welt erschüttert. Wie herrlich war es in Lausanne gewesen: er hatte nicht nur an die Menschen geglaubt, sondern auch daran, sie glücklich zu machen. Es ist eigentlich eine ungeheure Anmaßung der Dichter und Pazifisten, ihre Erdengenossen unter allen Umständen beglücken zu wollen: aber die Güte ist bestimmt ebenso eine Selbstbefriedigung wie der Ehrgeiz des Metzgers, die besten Würste zu machen, und des Richters, die unumstößlichsten Urteile zu fällen. Hier in Paris wurde Edmund der Boden unter den Füßen weggezogen. Meinte es das Leben mit ihm ehrlich oder war er in einen Hinterhalt geraten? Die Frage eines Bauern, der auf Reisen sein Geld ins Rockfutter nähen läßt, statt einen Browning bei sich zu führen. Und der Räuber Zweifel hatte ihn überfallen.

Dieser Schlag mit Lola war zu hart. Da gab ihm das nahe, reale, faßbare Leben offenbar unrecht. War er dermaßen hinter der Zeit zurück? Gruben zehn Jahre solche Abgründe zwischen zwei Generationen? Der erste Mensch, den er in Paris trifft, erzählt ihm ins Gesicht, daß er „vorgestern“ mit der ihm fast unnahbaren Göttin geschlafen hat! Und fühlt sich dafür weder ihr dankbar noch ihm gegenüber schuldig!

Was war aus Lola geworden? Aus der Lola von Chailly: damals war sie ein so offener Kamerad gewesen, sie sahen sich fast jeden Tag, er blieb die Abende oft bis Mitternacht im Wohnzimmer, man spielte Klavier, oder entwickelte Photos, und Madame Blechkin kochte Tee. Kein Mann dazwischen. Wie machte sie sich lustig über die Armenier im Kolleg oder die samtbraunen Argentinier auf der Place St. François, die ihr wildes Blut rochen, aber zu wenig Geist hatten, um sie für sich einzunehmen! Da hatte sich Edmund für den Einzigen halten dürfen, der...

Ja, Sascha! Aber das war Vergangenheit und sozusagen eine lebenslängliche erste Hypothek. Dagegen konnte man nichts machen. Edmund war ja auch nicht im Ural geboren. Und weil er Überlegung mit Überlegenheit verwechselte, hatte er geglaubt, gegen Eifersucht gefeit zu sein.

Welche Täuschung! Niemand war eifersüchtiger als er! Es war plötzlich elementar in ihm ausgebrochen, als sein geborener Feind im Old India-Café aufgetaucht war. Wenn es auch stimmt, daß sich Lola an diesem Abend nicht sehr schwesterlich benahm, so war es mitropäisch unreif von ihm, ihr in diesem Augenblick nicht zu verzeihen und den Beleidigten zu spielen. Seit dieser Stunde nämlich hatte er gänzlich mit dem Hause Blechkin gebrochen und es nicht einmal für nötig gehalten, die Mutter, die recht unruhig sein mußte, aufzuklären.

Statt dessen war er, vom eigenen Schmerz gerührt, in die berühmte, klassische Einsamkeit geflohen und hatte sich in einem kleinen Wirtshaus in Cully eingemietet: sein Fenster ging direkt auf den See. An der Hausmauer knusperten die Wellen herum. Die Möwen streiften manchmal seine Jalousien. Tagelang war er da sitzen geblieben und hatte an den Gefangenen von Chillon gedacht. Wenn die weißen Dampfschiffe vorüberkamen, und eine weißgekleidete Frau mit einem Tuch winkte, nahm er den Operngucker: vielleicht war es zufällig Lola, oder eine Freundin von ihr.

Das war sein erster großer Schmerz gewesen, und er hatte versucht, ihm auszuweichen, indem er die äußere

Landschaft seines Lebens veränderte. So wie die Schlaflosen sich im Bett auf die andere Seite legen.
Es war gerade ein üppiger Südherbst. Quer über der Landstraße stiegen steil die Weinberge an: in der Gluthitze war Edmund, an den Weinlesetagen, als Winzer verkleidet, mit einem zerschlissenen Rock und groben Schuhen auf die verbotenen Hügel gestiegen. Mit welcher Gier, die vollen Reben rupfend, und kaum angebissen, eine rote für eine noch süßer winkende goldene wegwerfend, hatte er sich die engen Laubgassen hinaufgeschlängelt, schnaufend, unrasiert wie ein zottiger Faun, mit klebrigen Händen und von Süße verklebten Wimpern und Lippen. Der Nymphe Lola jagte er nach, verschmitzt und verschwitzt. Zuweilen kam er zu nah an eine Winzerfamilie heran und blieb dann stundenlang klopfenden Herzens hinter einem Abhang liegen, bis diese sich langsam hinaufgesungen hatte. Und dann floh er am Bahndamm entlang, als gälte es, sich dem Ort eines blutigen Verbrechens zu entziehen, schlüpfte in die kleinen, kalten Tunnels und zitterte am ganzen Leib, wenn der Berner Express ihn an die Steinwand klebte, so schwach, als wäre er selbst nur ein Schatten. Torkelnd und leise verzweifelnd suchte er noch stundenlang in der Nachtkälte den Weg nach seinem Herzen zurück. Das war Edmunds Herbst gewesen: aber zu gleicher Zeit torkelte schon Lola auf den sekttriefenden Hügeln von Montmartre, eine Winzerin von ganz anderen Tänzern gepackt...
Alles dies wirbelte in Edmunds Kopf herum, während seine Hand den Zucker im schwarzen Kaffee umrührte. Edgar, ihm gegenüber, lächelte heimlich.
„Lieber Freund“, sagte er, „bist du wegen Lola oder wegen Paris hergekommen? Die Frage ist wichtig. Beant-

worte sie dir selbst! Aber im ersten Falle wäre mein Interesse an dir völlig entwertet. Im anderen Falle hielte es nur insoweit stand, als du noch genügend jugendlichen Leichtsinn an den Tag legen könntest, um endgültig umzusatteln. Sonst bleibst du ein langweiliges Individuum, eine belanglose Kopie."

„Was soll ich tun?" machte Edmund böse.

„Bravo! Sehr gut!" schrie Edgar. „Was soll ich tun? ist die erste Frage derer, die keine Antwort mehr erwarten. Ich habe jetzt vor, dir Paris zu zeigen, von allen Plattformen aus: in einem Autobus, in einem Fahrstuhl des Eiffelturms, in einem Sessel der Comédie Française und nachher auf einem Bordelldiwan. Wenn du einmal ausrufst: Wie herrlich! verlasse ich dich auf Nimmerwiedersehen. Es ist nämlich nichts mehr schön, es kann in unserer charakterlosen Zeit nichts Schönes geben. Es wäre genau so, wie wenn du Pompeji oder die Sphinx schön finden würdest. Paris ist eine Ruine des Mittelalters und bleibt als solche wertvoll für die Amerikaner von Cook. Die Welt glaubt immer noch, daß auf dem Quai Voltaire der Geist fabriziert wird. Es steht damit wie mit der Chartreuse der Mönche: wenn sie echt sein müßte, würde der Katholizismus wirklich eine große Renaissance feiern zwecks Schnapsfabrikation."

8. Kapitel

Edmund hielt diese langen, tragische Dinge mit spöttischem Übermut behandelnden Auseinandersetzungen nicht aus und verabschiedete sich rasch nach dem Mokka, obwohl eigentlich verabredet war, daß sie den Nachmittag zusammen in verwunschenen Altvierteln verbringen würden. Im Gefühl seiner Fremdheit hätte sich Edmund am liebsten in sich selbst verkrochen oder wäre geflohen. Ja, wenn er sofort zur Gare de l'Est liefe und mit dem nächsten Zug wegführe, in die gemütliche Einsamkeit zurück!

Aber es war natürlich nicht daran zu denken. Die Stadt hieß nicht mehr Paris, sie hieß Lola. Ihr Kopf leuchtete ihm jetzt über den Baumreihen des Luxembourg anstelle der Sonne. Er prangte auf den Umschlagseiten der Illustrierten Zeitungen, an den Kiosks. Auf jener Filmaffiche, war es nicht sie? Lola! Lola in Paris! Die Stadt hatte eine andere Atmosphäre, einen anderen Rhythmus als gestern.

Er hatte noch kaum Gelegenheit gehabt, sich mit Lola eingehend auszusprechen. Sie hatte gleich soviel zu erzählen gehabt und in einer halben Stunde soviel Geschehnisse, soviel Bilder, soviel Erinnerungen im kleinen Hotelzimmer herumgestreut, als Koffer, Briefe und Schuhe herumlagen. Und alles das, und die Stimme der Mutter Blechkin hatten ihn gehindert, Lola auch nur zu sehen. Ja er hatte sie so wenig gesehen, daß er sich im Augenblick nicht einmal mehr erinnern konnte, ob das Grübchen an ihrem Mundwinkel links noch dieselbe

Frische behalten hatte oder vielleicht im Meer der vielen seitdem erzwungenen Lächeln gleich einer Sandinsel zerflossen war. Und ob ihre Augen noch den perlmutternen Schleier hatten oder vom Leben jetzt nackt gewaschen worden waren. Das war das Wichtige, woran er sie hätte erkennen müssen. Aber wenn jemand ihn jetzt gefragt hätte, wie sie genau aussah, er hätte es nicht schildern können.

Hin zu ihr trieb es ihn. Mit derselben Verachtung, mit der er einst über die Grate des Chamossaire gestiegen war, ging er hart vor den wie Mammuts drohenden Autobussen her über die Place Rostand und lief fast hinauf ins Hotel des Grands Hommes. Von ihr hing es ab, ob er bleiben oder fahren würde; er riß, fast ohne anzuklopfen, die Tür zu Zimmer 15 auf: Frau Blechkin war allein da und wusch rosa Strümpfe unter der Wasserleitung. Leise gluckste sie auf, als sie ihn sah, wie so oft in Chailly, wenn er mit einem großen Blumenbukett hereingestürzt kam, aber Lola mit Studenten auf eine Bergtour ausgeflogen war. Die Alte hatte ihn immer getröstet, wie einen Sohn, den man in Schutz nimmt gegen ein herzloses untreues Mädchen. An ihrer Schulter hatte er oft geweint.

Jaja, so mußte es sein. Es war die Spielregel, daß, wenn Edmund sie freundschaftlich überraschen wollte, Lola über alle Berge und Boulevards war! Und immer empfing ihn mit Überschwang und sicher auch mit echtem Gefühl von Mitleid die Kupplerinmutter. Sie nahm scheinbar immer Partei gegen die Tochter und diente ihr beflissen. Und heute gab's erst was zu erzählen, zu lamentieren und zu vertuschen! Madame Blechkin hatte die Kunst entdeckt. Einer der jungen Herren hatte ihr weisgemacht, daß Lola absolut photogénique sei. Sie sprach das Wort voller Bewunderung aus, aber doch so, als bedeute es ein pharmazeutisches Mittel. Photogénique hieß für sie: bringt sicher viel Geld ein. Ach, und zu dritt brauchten sie so viel Geld, obwohl sie sich mit diesem winzigen Zimmer im Hotel des Grands Hommes begnügten, und Frau Blechkin immerzu Tee und Wurstbrote zubereitete. Um ganz und gar photogénique zu werden, hatte Lola zuerst angefangen, im Chor eines Kabaretts zu singen. Es ist seltsam, daß der erste Gedanke, der den verarmten und verkrachten Russinnen in Paris kommt, immer das Singen ist; und erst von diesem Bühnenbrett aus springen sie in die Mode, in die Perlenindustrie oder mit Vorliebe ins Bett alter Franzosen.

Frau Blechkin erzählte und hörte dabei nicht auf, die beiden seidenen Strümpfe Lolas unerbittlich zu zerknüllen, sie wie zwei rosa Flamingohälse unter Wasser zu tauchen, dann wieder hochzuziehen und an der richtigen Stelle der Kehle umzudrehen, und dann sofort wieder unterzutunken, als könnte sie das Leben aus diesen beiden hartnäckigen Dingern nicht herauskriegen. Immer wieder und immer blendender flatterten die rosa Strümpfe empor und siegten schließlich, blähten sich und ließen vor Edmunds blinzelnden Augen die schöne, volle Form von Lolas Beinen erstehen. Einen wilden Czardas tanzten sie vor ihm. Endlich nahm Frau Blechkin zwei Zwickel und befestigte die stillgewordenen Vögel an einer quer übers Bett, vom Nagel einer Milletreproduktion zum Kleiderständer hinüber gespannten Schnur. Da hingen sie dann leblos und so hoffnungslos wie die Gedanken Edmunds.

„Was Lola an Strümpfen kaputt macht, davon haben Sie keine Ahnung. Anfangs brauchte sie im Kaukasischen

Schloß nur zu singen, aber dann zwang man sie auch zu tanzen, manchmal bis um fünf Uhr früh, und an ein Stopfen der vertanzten Strümpfe ist nicht mehr zu denken. Lola ist darin auch rein und stolz geblieben: sie duldet keine Flicknaht an einem Kleidungsstück. Alter Adelsinstinkt."
Edmunds Gesicht erschlaffte, als hätte ein Arzt soeben den Krebs an seinem Herzen entdeckt. Frau Blechkin merkte es sogar: „Immer noch sentimental? Sie tun ja, als hätten Sie Ehesorgen?"
Und rücksichtslos, vielleicht auch harmlos erzählte sie weiter: Lola verkehre in der erlesensten Gesellschaft, denn in dem Chor, in dem sie Alt sang, sei die Prinzessin Feodorowna der Sopran gewesen, und der Fürst Michael Michaelowitsch führe sie oft in seinem Auto nach Hause. Sie trinke übrigens nie Alkolhol, und in den Stunden, in denen sie kein Gast an seinen Tisch rufe, studiere sie im Anatomischen Handbuch. Denn die Medizin sei keineswegs aufgegeben. Im Unglück sei sie ernst geworden, ernster als je.
„Aber wo ist sie jetzt?" schrie Edmund barsch und befehlerisch, als habe er das Recht dazu. Frau Blechkin entfiel der Zwicker. Im Bett bewegte sich das Plumeau.
Sergej hatte bis jetzt unbeachtet geschlafen, in der Bucht eines blauen Traumes spielend. Aber ihn verfolgte das böse Schicksal der Mutter. Die harte Stimme eines unzufriedenen Liebhabers durfte ihn wecken. Edmund schämte sich sofort, lief zum Bett und nahm den weichen Jungen in seine Arme, tätschelte und küßte ihn ab. Schwarze Locken ringelten sich um die blasse Stirn, wie bei Putten von Rubens. In den großen Augen schillerte bereits dieselbe Flüssigkeit, eine Art braungrünschwarzes Petroleum aus Baku, wie bei Lola. Ein Zähnchen

war ihm vorne ausgefallen, und die Lücke entstellte das Lächeln.
„Was hast du mir mitgebracht, Onkel Edmund?" schmeichelte der Knabe und vertrieb mit realistischem Sinn den Zauber. Edmund lächelte schuldig und stotterte, es läge zwar eine große Überraschung in seinem Koffer, er habe aber abwarten wollen, ob Sergej artig sei und sie verdiene. Statt damit das Kind zu beruhigen, entfesselte er es, und strampelnd und schreiend verlangte es, daß der Onkel das Ding sofort aus dem Koffer hole. Wenn aber der Koffer noch auf der Bahn war? Dann müsse man auf die Bahn fahren. Und wenn die Zollkommission ihn nicht frei gäbe? Dann sei der Zollbeamte zu erschießen. Es war nicht mehr möglich, von etwas anderem zu reden als vom Geschenk, vom Geschenk, vom Geschenk. Edmund hätte gerade jetzt so gern noch Weiteres über Lolas Leben gehört, aber ihr Kind verbot ihm jede weitere Frage. Er mußte Hut und Mantel zusammenraffen, hinauslaufen und etwas kaufen.

9. Kapitel

Als er eine Stunde später mit einem braunen Bären in der Größe einer Bulldogge unterm Arm zurückkam, war die Situation vollkommen verändert. Sergej saß auf den Knien eines jungen Mannes, der sich im einzigen Fauteuil niedergelassen hatte, die langen, in Schaftstiefeln steckenden Beine weit über den ganzen Teppich hinausgereckt, in halb proletarischem, halb künstlerischem Aufzug. Frau Blechkin stellte Herrn Anton Antonowitsch Ewersejeff vor, einen entfernten Verwandten aus Omsk. Entfernter Verwandter ist gut, dachte Edmund und hielt ihm die Hand hin. Ewersejeff erhob sich kaum, unter dem Vorwand, den Knaben auf seinen Knien nicht zu stören, und spielte mit diesem weiter, indem er ihm offenbar russische Märchen erzählte, ohne auf den Neuankömmling zu achten. Edmund stellte nun den Bären stillschweigend auf den Tisch und wartete, bis das russische Lachen, dessen Ursachen er nicht verstand, verschallt wäre. Aber er konnte lange warten. Frau Blechkin kochte Tee auf einem Spiritusapparat, hart vor dem Spiegel des Kamins. Er saß allein in dem Zimmer und fragte sich schließlich, was er da suchte. Der Gedanke an Lola ließ ihn erblassen. Sollte er offen fragen, wann sie wiederkäme? Er fühlte sich seiner Stimme nicht sicher und hatte Angst, sich vor Ewersejeff eine Blöße zu geben. Also wartete er weiter.

Als die Gastgeberin die weißen Schalen ohne Untertasse und ohne Zucker herumreichte, geruhte der Russe,

Edmund anzusprechen: „Was machen die Züricher Kommunisten? Sie haben einmal eine Ladenscheibe eingeworfen. Seitdem hat Europa nie wieder was von ihnen gehört. Der gute Platten!"
Diese Frage gab Edmund mehr Aufschluß als zehn Antworten. Er erkannte daraus, daß man von ihm gesprochen hatte, daß Ewersejeff in diesem Haus fest verankert war, daß er ihn und seine Aktionen auch gut kannte und so weiter. Zehn Prozent Ironie waren in die sachliche Frage gemischt. Vielleicht deshalb, weil Edmund nicht Kommunist war, vielleicht auch nur, weil er aus der verhaßten kleinen Schweiz kam. Aber vielleicht auch wegen Lola?
Und um dem Russen offensichtlich seine bisherige Attitüde heimzuzahlen, wandte er sich, statt zu Ewersejeff, zu Sergej und hielt ihm den Bären hin.
„Ist der echt aus der Schweiz?" fragte der Knabe argwöhnisch. „Ich habe denselben im Warenhaus Louvre gesehn. Wie dick er ist! Er schielt. Und sein Schwanz ist viel zu kurz. Gelt, Anton, die Bären haben längere Schwänze?"
Ewersejeff blieb neutral, da Edmund ja doch schon geschlagen war. Frau Blechkin aber fühlte sich gehalten, das Geschenk für ein großes und teures Kunstwerk auszugeben. Edmund, der sich auf der Straße vorgenommen hatte, mit dem Jungen eine aufgeregte Bärenjagd und andere Spiele zu unternehmen, gab verzweifelt die Partie auf. Und er sagte:
„Wozu Kommunismus in der Schweiz? Für die Kühe? Wenn es für den Export der Schokolade rentabel sein wird, dann wird er siegen!"
Der Russe lachte herzlich und zog, freundlicher geworden, die Beine ein wenig zurück. Sie kamen auf Allge-

meines und Persönliches zu sprechen, auf die Pazifisten, die Ewersejeff Bleichgesichter nannte, und auf Europa, das beide für ein Museum erklärten. Aber ein großer Bogen wurde um Lola gemacht.
Es war nicht schwer zu erkennen, daß auch Ewersejeff ein Anbeter Lolas war, und nicht minder hoffnungslos als Edmund. Doch verachteten sie einander, aus Stolz, aus Trotz, und weil keiner mit dem andern auf dieselbe Stufe gestellt werden wollte.
In Ewersejeffs Augen war Edmund ein Feigling, unmännlich und schwach, ein geradezu erniedrigender Rivale, für den man Lola sehr böse sein mußte. Ein Kerl, der in der Schweiz täglich hundert Möglichkeiten gehabt hatte, sich zu ihrem Herrn aufzuwerfen, und der es bei der „Freundschaft" hatte bewenden lassen! Ein Schlappschwanz, der schon dem kleinen Sergej unterlegen war!
Für Edmund war Ewersejeff vorläufig ein lediglich schmutziger und rücksichtsloser Gesell, dessen Prätentionen bei diesen zwei alleinstehenden Frauen nicht uneigennützig sein konnten, der mit der Gewalt des Stiefels und der Einschüchterung hier hauste, und dessen Wodka- und Ledergeruch nicht immer berückend auf die zarte Lola wirken mußte. Ein entfernter Verwandter, zum Lachen! Aber er saß fest in diesem Fauteuil und war vielleicht gefährlicher als die blumenschenkenden Liebhaber. Er kam, wann und wie er wollte, und trank mit der Familie Tee, der entfernte Verwandte. Die ganze Nacht saß er in diesem Zimmer, bis in den Morgen hinein, ganz allein, und las dogmatische Werke, während längst Frau Blechkin und Sergej schliefen, und Lola im Kabarett die sehnsüchtigen Lieder von Wolga und Troika sang. Dann, zwischen zwei und drei Uhr schlen-

derte er zur Druckerei eines neuen russischen Blattes und holte sich hundert Nummern, die er im Laufe der Nacht und der Frühe in den russischen Straßen von Montmartre: in den Tanzlokalen, Opiumhöhlen und kleinen Eckcafés losschlug, und dazu den Nachttarif der Trinkgelder einheimste. Die dicken Tänzer wagten für den hingeworfenen Schein das Kleingeld nicht anzunehmen, hingegen schenkte Ewersejeff zur vorgerückten Morgenstunde, wenn die Dämmerung über dem Moulin Rouge bereits so rot wurde wie der Leitartikel, die bleibenden Nummern den frierenden Tänzerinnen in einer Stehbahr, und säte somit noch etliche Revolutionsgedanken in Herzen, die vom schlechten Café und dem Geiz der amerikanischen Kavaliere verbittert waren. Vielleicht zog sich Ewersejeff absichtlich so erschreckend salopp an: er flößte den orgienfeiernden Gästen Angst und Respekt ein und mahnte an den Ernst der Zeit. Das stimmte die von schlechtem Champagner Beschwerten immer etwas mitleidig mit sich selbst, lockerte ein Gefühl in ihrer Brust und einen Schein in ihrem Portefeuille.

Also, Ewersejeff wußte aus seiner Gestalt und seiner Trostlosigkeit den größtmöglichen Profit zu schlagen. Auf seiner Tournee hatte er so auch Lola kennen gelernt, als sie einmal um vier Uhr frierend aus dem Kaukasischen Schloß in das finstere Apachencafé gegenüber geflohen war und dort mit Tränen in den Augen den Kartenspielern zugesehen hatte. Ewersejeff war leise an ihren Tisch getreten und hatte ihr unbemerkt eine Nummer der Zeitung zugeschoben, in die er sein Herz heimlich gewickelt hatte. Zuhause erst fand sie es. Und von der nächsten Morgendämmerung ab waren sie Kameraden geworden. Der langbeinige, lässige Russe ward schnell ein Vertrauter der Mutter Blechkin und erfuhr von ihr alle Liebesgeschichten Lolas. Das war sein Pech. Er wußte so viel von den anderen, daß er sich vergaß. Und so ersetzte er in gewissem Sinne in Paris den Edmund von Chailly.

Edmund wagte jetzt auch nicht mehr zu fragen, wann und ob Lola heute abend zurückkommen würde. Niemand schien sich darum zu kümmern: Ihr ‚Leben' spielte sich ziemlich geheimnisvoll ab, aber wirkte dennoch, wie ein ferner Magnet, richtungweisend auf die Existenz der von ihr Abhängigen im Hotel. Es wurde kein Hehl daraus gemacht, daß sie die Familie aushielt, mitsamt Ewersejeff, wenn er auch nur Tee trank. Russische Zustände, die der Westler nicht versteht. Geniale Unordnung des Lebens, die den ängstlichen Seelenbürokraten in Entsetzen bringt.

Was suchte Edmund jetzt hier? Draußen erstickte Paris sein krankhaftes Autohusten mit einem dichten Nebeltuch. Der Abend kommt unversehens in dieser Stadt, er schlängelt sich wie die Verbrecher in die Korridore und hinter die Fenstervorhänge. Millionen Möglichkeiten gab es dort. Millionen Frauen in den Untergrundbahnen, in den Cafés, in den Schneiderateliers, mit Augen, die man mit allen Flüssigkeiten einer American-Bar vergleichen konnte, mit Brüsten, die alle für ein magisches Wort erzitterten, mit roten Mündern, die mit allen Tugenden und Lastern gefärbt waren. Was wartete Edmund noch hier? Warum setzte er sein Leben auf einen Namen, auf einen einzigen Charakter, auf eine übrigens zu Dreivierteln verspielte Chance? Es war etwas Negatives, das ihn hier zurückhielt, es war lediglich nur die Anwesenheit des Rivalen, dem er keinen Blanco-Gewinn gönnte. Er besaß die erste Nummer der

Wartenden vor dem Herzen des Mädchens. Er wollte das seit vielen Jahren investierte Gefühlskapital nicht ohne weiteres verloren geben, und wenn nicht Liebeszinsen, so doch wenigstens einen Ehranteil herausschlagen.

„Spielen wir einen Poker?“ warf Ewersejeff plötzlich in die latente Langeweile des Zimmers. Aus einer Ecke hinter dem Diwan gluckste die Stimme der Alten freudig. Edmund, zu allem anderen aufgelegt, sagte nicht nein, weil er das einem politischen Gespräch mit dem gereizten Gegner vorzog, und weil er gern einiges Geld verlieren wollte, um dessen dunklen Sinn zu versöhnen. Seit wie lange hatte er keine Karten mehr in Händen gehalten. Nun kamen ihm die Figuren so heimatlich vor wie Photographien im Familienalbum, der herzensgute Karokönig, der einem Onkel aus Brasilien ähnlich sah, der melancholische Herzbube, so ganz ohne Arg und Eifersucht, und das fatale Fräulein von Pique, das sich sicher hinter jeder Zimmertür abküssen ließ. Karree und Full As waren ihm nicht beschieden, und doch hatte er kein Glück in der Liebe. Es wurde sieben, es wurde zehn, es wurde Mitternacht, und Lola war nicht heimgekehrt. Man trank Wodka zu Sardinen und Orangen. Wo dinierte die von allen Geliebte? Denn bei jeder ausgeworfenen Kartenfrau dachten alle drei heimlich nur an sie. Am meisten gewann Frau Blechkin, und es war schließlich nicht nur der Schlaf, der sie um halb eins zum Aufhören drängte. Ewersejeff gab Edmund Rendez-vous in der kleinen Bar neben dem Rat Mort, für vier Uhr früh. Dieser nahm an, gedachte aber, sich vorher oben auf seinem Bett auszustrecken. Und bevor sie sich verabschiedeten, gingen alle drei auf den Zehenspitzen zum kleinen Bett, in dem Lolas Sohn die Augen der Mutter, hinter weißen Lidern und von schwarzen Wimpern beschattet, sicher behütete. Sie taten alle drei eine Geste, als ob sie beteten.

10. Kapitel

Jedoch an Schlaf war nicht zu denken. Was schlug so laut und dumpf im Zimmer: war es das gewaltige Herz von Paris oder sein eigenes? Edmund lehnte sich zum Fenster hinaus und atmete den seltsamen Ozongeruch der Nacht. Wie von einer Schläferin ging der beruhigte Atem von Paris. Aus allen Winkeln antworteten einander die Stimmen der Viertelstunden, dazwischen hier und da die rauhen Vogelrufe der Frachtschiffe auf der Seine, oder ganz nah in einem Gäßchen das verzweifelte Lied eines Säufers.

Und plötzlich erschallte aus der Richtung der Universität eine schamlose Ziehharmonika, die frech eine Bachfuge im Jazzrhythmus nachäffte. Bald klang es wie ein Dudelsack, bald wie eine tiefe Orgel. Und ein Spuk hub an. Es schien Edmund, als finge die schwere Kuppel des Pantheons vor ihm an, sich zu drehen, wie ein Karussel im grellmondenen Schimmer, und eine grobe Volksmenge treibe sie an mit Peitschen und Schreien. Statt der gewohnten Pferde und Tiere aber ritten auf Marmorsockeln des Ruhms die großen Männer, die Gäste des Pantheons, und Edmund erkannte genau, in übermenschlicher Größe Mirabeau, Voltaire und Rousseau. Die übrigen Gestalten hatten das Gesicht nach der anderen Seite gewandt. Wie seltsam aber, daß es gerade die waren, deren Knochen schon längst von einem mißgünstigen Regime, unter der Restauration, in die Sümpfe der Bièvre geschleudert worden waren! Der Tanz der Geister über Paris, nachts um eins! Wie

schade, daß er kein Romantiker war, um solch ein Erlebnis in Oden zu fassen!
Plötzlich hörte er, wie er sich gerade anschickte, das Fenster zu schließen, nebenan, es mußte wohl sogar im Nachbarzimmer, hart hinter seiner Wand sein, einen tiefen, wie aus der Erde steigenden Schrei: den Schrei einer Frau. Dieser Schrei kam aus unbekannten, unbeherrschten Zonen, aber es war unmöglich zu bestimmen, ob er Schmerz oder Freude bedeutete, Liebe oder Mord, Tod oder Geburt, vielleicht beides zugleich. Es war der Schrei eines Wesens, das Gott entdeckte. So schreien die Tiere in den Juniwäldern. Und als Edmund das Fenster ganz geschlossen hatte, hörte er Geräusche wie auf einem Schiff, das helle Schlingern der Wellen, das Zerren der Taue, das pfeifende Atmen der Maschinen: ein weißer Dampfer, in seiner Einbildung, brach stolz seine Silberfurche in den rosigen Leib des Meeres. Das ist die Liebe, dachte er und wurde traurig.
Herb waren seine Nächte immer gewesen, groß gewiß, mit viel Wind und verbrämt mit Sternen, und erfüllt mit der Stimme der großen Denker, deren Köpfe, klein in den Büchern und riesengroß projiziert auf die Wolken, ihm zugewinkt hatten. Aber herb, aber kalt! Hatte er nie das Maß der Ewigkeit im kleinsten gesucht, in der Bucht eines Frauenarms, im ängstlichen Geflüster eines fiebrigen Mundes?
Er dachte an Lola und verzog den Mund, so weh tat es ihm. Wo war sie? Wo tanzte sie? Wo flüsterte sie? Zornig riß er den Mantel um sich, stülpte den Hut auf den Kopf und lief hinaus: er, der die größten und die ältesten Rechte an die geliebte Frau hatte, war noch immer allein.
Die Rue Soufflot hinauf schlenderten drei Gestalten:

zwei Chinesen, das Gesicht mit Mond bepinselt, drückten zwischen sich ein blasses rothaariges Mädchen: sie hatten keine andere Sprache um sich zu verständigen, als das Lachen. Und so lachten sie immerzu in verschiedenen Tonarten, es war etwas zwischen Gesang und Gelall, dazu stießen und schubsten und traten sie sich, um ja immer weiter lachen zu können, denn wehe, das Schweigen zwischen zitternden Herzen wäre zur Katastrophe geworden! Diese wilde Lohe roter Locken, wenn später die kleinen, energischen Hände der Fremden sie hin und her schleudern und reißen würden: ihn überlief es kalt.

Am Boulevard Saint Michel sprang Edmund in den vorbeifahrenden Nachtautobus: halbschlummernd in die Ecken gedrückt saß ein Dutzend zerfallener Menschen, denen man nicht ansehen konnte, ob sie schon aufgestanden waren oder erst dem Schlaf entgegenwankten. Ihre Köpfe bewegten sich alle im Rhythmus des Wagens vor- und rückwärts wie die der bekannten javanischen Nippfiguren. Ein Mensch, der die Kontrolle über seine Glieder verloren hat, ist ungefähr das Hinfälligste, was man sich denken kann, viel geistloser und haltloser als ein Steinquader oder ein Holzklotz oder ein Sandhaufen. Der Anblick eines Ertrunkenen oder eines vom Schlag Getroffenen gibt uns das überzeugendste Gefühl unserer Nichtigkeit. Schlafende Menschen in einem Bahnhof sind formloser als Kartoffelsäcke.

Der Autobus raste durch die Schluchten der Stadt, an felsigen Häusergebirgen vorbei, quer durch Gassen und über Plätze, wie ein abgebröckelter Steinblock, unaufhaltsam hingeschleudert. Der Führer hatte seine Freude an den gefährlichen Kurven. Besinnungslos stürzte man in die Welt. Paris war ausgestorben und starr. Alle Fen-

sterläden und Jalousien geschlossen. Hier schnarchten augenblicklich die verfilzten Bürger: man konnte sich die Schlafzimmer der balzacschen Notare vorstellen, in denen die hundertjährigen Sofas unter den blumigen Überzügen krachten, zwei Wesen in dem Einbett, sich den Rücken drehend, die Decken um die Beine gerollt und aus zahnlosem Munde Ziffern oder den verbotenen Namen des Ehebruchs murmelnd. Kein einziges Fenster offen. Berge von Särgen.
Hier und da war noch ein Laden hell erleuchtet, wie am vergangenen Abend: meistens Konfektionsgeschäfte, in denen die wächsernen Mannequins unermüdlich die langweilige Komödie des Lebens weiterspielten: Sweaters zum Tennis eilend, schäbige Gummimäntel laufend ohne je zu wissen wohin, oder ein Frack sich als erhabener Tragiker gebärdend. Dies ganze stumme Theater war fast eine Wohltätigkeitsveranstaltung für die armen, betrunkenen Nachtwandler, denen das Licht wohltat und vielleicht den Gedanken an Selbstmord tilgte.
Der Autobus passierte rasch den großen Boulevard, der wie ein warmer, orangeheller Golfstream die Stadt durchfloß.
Man hatte kaum Zeit, an seinem Grunde die rosa Polypen der Bogenlampen, die Korallengehänge der Reklamen und die matten Perlen von Gaslaternen zu erkennen.
Schon ging's hinauf auf den Walpurgisberg. Dort wo die ewigen Johannisfeuer brannten. Wo an den Häusern, elektrisch erzeugt, reife, goldene Früchte oder magische Sterne hingen, dort wo die Bars die entzückende Poesie ihrer Namen, die immer an Nymphen oder ferne Länder erinnerten, in den Stein schrieben. In der Rue Notre Dame de Lorette stieg Edmund aus.

Zuerst glaubte er, hinter die Kulissen eines Opernhauses verschlagen zu sein, wo die Proben zu einem Karnevalsfest stattfanden. Halbangezogene Mädchen huschten von einem Haus zum andern: Spanierinnen mit dem schwarzen Fragezeichen an der Schläfe, und lässige Negerinnen in überzivilisierten oder schon zurückzivilisierten Goldkleidern von Poiret.
Die Männer: Frack mit Strohhut und Apachen mit neuer Sportmütze gaben sich gegenseitig Feuer und Antwort beim Verlassen der Dancings. Nachdem in den Häusern die Leidenschaften mit schweren Goldeinspritzungen getötet worden waren, hatten die Menschen eine leise Neigung zur Nachsicht allem Menschlichen gegenüber, und das, was Edmund früher in Mitropa Güte und Brüderlichkeit genannt hatte, fand er ein wenig hier. Aber ohne sich bewußt zu werden, daß das lediglich die Wirkung einer Müdigkeit war. Und vielleicht, wenn er mit einem Kenner diskutiert hätte, hätte ihm dieser bewiesen, daß nur die ganz Armen oder die ganz Satten eines Ideals fähig sind oder einer gewissen Seelenmüdigkeit, die für eine Zeitlang Gier und Kampflust lähmt.
Immerhin, die Atmosphäre tat ihm wohl. Nachtspaziergänge beruhigen den modernen Menschen deshalb mehr, weil er dabei weniger das Gefühl hat, Zeit zu verlieren. Die Nacht war warm. Auf der Place Pigalle plätscherte ein kleiner Brunnen ganz für sich und betete andachtsvoll seinen silbernen Rosenkranz. Armenier verkauften kandierte Nüsse und Granatäpfel. Farben und Laute erinnerten an eine Südseeinsel. Umklammerte Paare gingen langsam und sicher der Glückseligkeit entgegen. Die Liebe war hier das offene und unverblümte Motiv des Lebens.

Endlich fand er das Café Sans-Souci. Es war noch niemand da. Aus Angst vor der Leere im Raum und auch in sich selber floh er wieder auf die Straße. Vor einem großen, grellbelichteten Restaurantfenster bemerkte er plötzlich Ewersejeff, der in seinem abgeschabten Mantel, mit hochgeschlagenem Rockkragen, ein Pack Zeitungen unterm Arm, mit einer Fußspitze auf einen Vorsprung des Steins getreten war, sich mit der rechten Hand mühselig an die schmutzige Dachrinne klammerte, und beinahe schwebend über den hohen vorgeschobenen Vorhang hinweg in das Innere des Restaurants zu spähen versuchte. Er keuchte, Schweiß troff von seinem Gesicht, und er gewahrte den herannahenden Edmund nicht, ganz mit seiner Vision beschäftigt. Edmund las: Kaukasisches Schloß, und war taktvoll genug, den Gequälten nicht in seinem Schmerz zu überrumpeln, obwohl er ein kleines Recht auf Rache hatte. Rücklings zog er sich zurück und beschloß, den Nebenbuhler nun doch im Sans-Souci zu erwarten. Nebenbuhler? Doch auch er betrogen! Mit wem? Vielleicht mit Edgar! Er wollte es nicht ausdenken und begann ein Gespräch mit einem dünnen Mädchen, das abends den Can-Can im Moulin-Rouge tanzte, und ihm erzählte, daß es vor fünf Monaten erst von St. Quentin von einem Schauspieler hierher gelockt worden war und jetzt, schon verlassen, ein Kind erwarte.
Kurz nachher kam Ewersejeff herein, mit einem bis zum Irrsinn verkrampften Gesicht. Er warf sein Pack Zeitungen auf den Boden, sich selbst in eine Ecke des Wandsofas und begann, das Gesicht in die gekreuzten Arme vergraben, zu schluchzen. Das Mädchen, das ihn gut kannte, setzte sich zu ihm und tröstete ihn.
Langsam begann das Lokal sich zu füllen. Musiker mit

ihren Banjos und Cellos, Portiers in Galauniform und die Barmen wurden wieder zu einfachen Menschen voll Treue und Eifersucht. Plötzlich erschien auch Edgar, allein.

11. Kapitel

Da saßen nun die drei Liebhaber Lolas, stumm nebeneinander, alle drei dieselbe Vision in der Seele, alle drei in gleichem Maß unglücklich: wer hätte das gedacht? Beneidet nicht jeder den andern, obwohl oder gerade weil jeder immer zu stolz gewesen war, auszukundschaften, was für einen „Erfolg" die andern bei dem jungen Mädchen genossen? Drei junge Leute, in der lasterhaftesten aller Straßen Europas, Pigalle, saßen um vier Uhr früh, im Trubel der ausgekochten Ausbeuter der Liebe, blaß und verzehrten sich bei dem Gedanken an Lola, eine Tänzerin im Kaukasischen Schloß. Alle drei hatten die größten Chancen, alle drei mußten doch eigentlich, jeder in seiner Art, die Herrschaft über das rebellische Herz des Mädchens an sich gerissen haben. Oder?

Es waren die drei Typen des modernen Jünglings, die die drei Geistesrichtungen von Ost-, Mittel- und Westeuropa personifizierten. Der Russe, der Mitropäer, der Franzose.

Über des Mitteleuropäers Edmund Vergangenheit hörten wir schon genügend. In der Schweiz bricht die westliche Kultur jäh ab, selbst der welsche Teil, trotz seiner Sympathie für links, kann sich der Gefühlsaustrahlungen von rechts nicht erwehren. Und Edmund vollends, an deutschen Universitäten gebildet, von deutscher Literatur durchtränkt, leugnete selber nicht, ihres Geistes zu sein. Das seltsamste und schönste Wort, das er nach Paris importieren wollte, war ja „Ideal". Das Wort, in diesem largen Sinn gebraucht, nämlich, daß jeder Mensch sein Ideal haben soll oder mag, ist unbekannt sowohl in Frankreich wie in Rußland. Ideal tröstet oft den Erdgebundenen und verleiht ihm seelische Flügel. Mit einem Ideal ist leichter zu leben als ohne. Und es gibt keinen Deutschen ohne ein Ideal. Dazu muß aber schnell hinzugefügt werden, daß Ideal keineswegs nur etwas Abstraktes bedeutet wie „Tugend" oder „Musik", sondern sich mit gleichem Recht mit irdischen Gütern befaßt. So können zwei Aussprüche großer Deutscher als Ideale, das heißt, als Wegweiser, vielleicht sogar als Gesetze in einem Volk gewirkt haben, das von jeher auf Kommandos von oben gehorcht hat, solche Kommandos zu seiner Lebensführung geradezu brauchte: einen Satz wie „Koche mit Gas!" in gleichem Maße wie Kants Ausspruch vom „gestirnten Himmel über mir und dem Sittengesetz in mir".

Der Mitropäer bedarf solcher Richtlinien, weil eben das Sittengesetz in ihm nicht gefestigt ist, weil es für ihn keine innere Grundwahrheit gibt, sondern lediglich eine geschriebene und vorschriftsmäßige, in der Bibel oder im Bürgerlichen Gesetzbuch oder in einem Klassiker nachzuschlagen. Bevor der mitteleuropäische Mensch eine Handlung begeht, schaut er auf seinen Vorgesetzten oder auf seinen Vater. Wie unsicher wird er in einem unvorhergesehenen Fall! Zum Beispiel in der Liebe. Nicht nur die deutsche Moral, auch die deutsche Literatur hat noch keine endgültigen Richtlinien aufgestellt, wie sich ein „anständiger" Mensch in der Liebe benehmen soll. Es gibt dort noch keinen Stendhal. Es gab Werther, einen typischen Idealträger, den Mann, der alles tat, um seine Liebe zu bezeugen, aber die Hauptsache vergaß, nämlich mit der Geliebten zu

schlafen. Damit hätte er aber sein ganzes Unglück und gleichzeitig das ganze Problem seines Volkes aus der Welt geschafft.
Dies ist der Schlüssel zum siebenmal verschlossenen Kämmerchen der deutschen „Seele". Es wird zu viel herumgedacht, herumgeträumt, herumgesehnt, mit Ideal und mit Ideen gewirtschaftet, von Himmel ist die Rede und von Hölle. Nur auf das Einfache kommt man nicht: hier ist eine Tür, drück' auf die Klinke, sie ist ja gar nicht verschlossen! Sei einfach, einfach, einfach!
Warum ist aber Edgar, der Franzose, dort vor seinem Vermouth so verstört? Er behauptete doch gestern brutal, er habe sie „gehabt"? Es war eine Lüge. Er ist ein Zyniker und hat seine sämtlichen Götter heimlich vergiftet. Er hat nichts mehr in sich und kann nichts mehr geben. Realismus trügt. Man hält Ehrlichkeit für eine gewisse Gesundheit. Der Westeuropäer lebt unmittelbarer und logischer, er lebt. Und wenn er lebt, denkt er nicht. Er denkt entweder vorher oder nachher. Am besten vorher. Und daher ist er in seinem Auftreten so sicher. Er weiß. Viele Generationen und Jahrhunderte haben ihm übrigens die besondere Haltung für jeden Einzelfall ins Blut mitgegeben. Er braucht nichts zu lernen, er hat das meiste in sich. Also bedarf er keiner Probleme. Die ganze Zeit kann mit Lachen und Witzen ausgefüllt werden. Das Leben ist da. Und was gibt es außer dem Leben? Nichts. Der Franzose braucht kein Ideal, denn er ist sein eigenes Ideal, in ihm dauern Rabelais, Descartes und Stendhal weiter. Er ist ein hochgeborener Erbe und braucht sich seine Güter nicht zu erkämpfen. Aber vielleicht ist das sein Pech? Geht es ihm, wie allen Erben, zu gut? Hat er es zu leicht im Leben? Und wird das langweilig, was von Grund aus so sicher

ist? Das ist die Tragik des jungen Nachkriegsfranzosen. Die Welt hat sich um 1930 herum maßlos verschlechtert. Er sieht die andern und sich. Er empfindet Ekel an sich und den andern. Das ist ein seltsamer, wenn man so sagen darf, realistischer Weltschmerz, der mit dem von 1830 nichts gemein hat. Der heutige ist sozial gefärbt. Der neue, junge Franzose begann zu zweifeln. An sich? Nein, denn niemals war er herrischer und selbstsicherer. An Gott? Welche banale, nebensächliche Frage! An der Welt und ihrer sozialen Ordnung? Gewiß, aber!! Nein, er zweifelt an seiner Bestimmung. Seine Inquiétude ist mit keiner Hoffnung und mit keiner Tat zu stillen. Er ist unglücklich, weil er weiß: er stirbt. Die westliche Kultur hat ausgespielt. Er lebt als Leichnam in einer Ruine. Es ist sinnlos, weiter Kinder zu zeugen in diesem Zustand, sinnlos, einen alten oder einen neuen Gott anzurufen, sinnlos zu lieben, sinnlos zu arbeiten. Amerika, Rußland, China, die Neger, Asien und Afrika erobern Paris. Und wie einen Furunkel, den man lange Tage wie eine Blumen wärmen und pflegen muß, bis er ausbricht und reife, gelbe Dolden trägt, so pflegt der junge Franzose seinen Zynismus, der nichts ist als ein einfaches, wissenschaftliches, realistisches Wissen vom Tod. Ein mit dem Krebs behafteter Chirurg operiert sich selber. So ungefähr ist der neue Franzose revolutionär. (Während dem zeitweilig revolutionären Deutschen unter seinen „Idealen“ die Fahnen, meinetwegen die roten, wichtiger sind als die Freiheit!) Und dieser hübsche, intelligente, reiche Edgar hat Lola nicht „gehabt“? Und warum brüstet er sich dessen? Aus Übermut und ränkesüchtiger Verachtung des Lebens. Er, der an keinen Gott, an kein menschengegebenes Gesetz, nicht mal an sich glaubt, er sollte an eine Frau glauben? Und wer nicht glaubt, wie soll der lieben? Und wer nicht liebt, wie soll der geliebt werden? Auch in der Liebe kennt die Französin das Ideal nicht. Frankreich ist bestimmt das Land, das den Filmdiven und den Valentinos am wenigsten Porto- und Photospesen verursacht. Nicht nur für Revolutionäre, auch für die Liebenden in Frankreich ist eine große Gottheit die Vernunft. Und wahrscheinlich ist dieses Volk, in dem am meisten von Liebe gesprochen wird, das unpassionierteste.

Französinnen konnten sich, vielleicht sogar mit leicht snobistisch gefärbter Bewunderung, einem Edgar hingeben, wie einem modernen Geistesheros: die westliche Frau, im Charakter selbständig, liebt noch die materielle Unterwerfung (die auch materielle Sicherung bringt), während die östliche, wenn sie liebt, aus ihrer Seele einen Teppich für den Erwählten macht. Eine Lola, bei der jedes Haar eine Antenne war, mußte durch den kaltschnäuzigen, wenn auch noch so geistreichen Ton abgestoßen werden. Sie war zu klug, um eine Statue ohne Seele anzubeten, zu klug und zu stolz. Sie ließ sich vom eleganten Causeur und charmanten Zweifler in die Barkreise an der Madeleine gerne einführen, aber beherrschte seine Frechheit mit einer königlichen Einfachheit. Sie war ein Mensch, voll und warm, das heißt ein unerhörtes Naturwunder für die greisen Kinder der Zivilisation.

Also blieben alle Chancen für Ewersejeff?

Dort lag er, fast bewußtlos vor Schmerz, an die Schulter der schwindsüchtigen Tänzerin gelehnt, betrunken von Eifersucht und Verzweiflung, diesen hundertgradigen Wodkas. Seine Zeitungen waren wie schmutzige Wäsche unter die Bank gerollt. Den Hut hatte er tief über die Augen gleiten lassen. Dann und wann gab ihm das Mädchen einen Schluck Likör in den kindlich offenen Mund. Dort lag er, hoffnungslos, der Russe, der die Russin liebte. Auch er nicht? Er hatte noch nie etwas anderes für die Eroberung Lolas getan, als gelitten. Auch das genügt einer Frau offenbar nicht. Vom ersten Augenblick an hatte er gelitten, als er in das kleine Hotelzimmer der Blechkins getreten war, und vom ersten Augenblick an hatte er die Partie verloren. Es war zwischen ihm und Lola nie ein Wort, nie ein Blick gewechselt worden, die überhaupt die Möglichkeit eines gegenseitigen Gefühls enthüllt hätten, aber sämtliche Begleiterscheinungen deuteten auf seine Niederlage, vor allem das mütterliche Mitleid der Madame Blechkin, die vom ersten Tag an den „entfernten Verwandten" als ihren Schützling adoptiert hatte. Wehe den Liebenden, die den Müttern zu gut gefallen. Fast ohne sein Zutun war Ewersejeff in die Familie aufgenommen, ohne seinen Willen in die alltäglichen Probleme der Wirtschaft und in die vergrabensten Liebesgeheimnisse der Tochter eingeweiht worden. Und wehe den Liebenden, die zu viel vom Herzen der Geliebten erfahren! Er durfte in Nummer 15 ein- und ausgehen wie zu Hause, bei Tag und bei Nacht sich einen Tee kochen, er sah Lola beim Zähneputzen und wie sie sich die Strümpfe flickte, und half ihr beim Aufsetzen eines drohenden Liebesbriefes an den Vater Sergejs.

Wie bitter war sein Schweigen gewesen in den ersten Stunden, in denen er sich Edmund gegenüber befunden hatte, über dessen langjähriger Gunst in der Schweiz er genau orientiert war. Bis zu diesem Tag hatte er an die Keuschheit des Verhältnisses zwischen Lola und ihm wenig geglaubt. Nun aber hatte er sich vergewissert, daß es noch andere Dumme gab außer ihm, er hatte Edmund verziehen, daß er existierte. Daß es zu einer Freundschaft zwischen diesem Mitropen, wie er die Mitteleuropäer nannte, und ihm kommen würde, erschien ihm kaum möglich. Er haßte nichts so sehr wie die schwächliche und sentimentale Brudergüte. Die Russische Revolution hatte mit derartigen Talmipropheten endgültig abgewirtschaftet. Beim Spiel erkennt man die Menschen besser als im Kampf. Ein paar Pokerrunden hatten ihm das rechte Antlitz Edmunds und des Pazifismus gezeigt: Schwäche.

Und auch er, Anton Antonowitsch Ewersejeff, ein Revolutionär, und von welchem Kaliber! Auch er hat alle alten Formen abgestreift. Auch er verachtet das Kulturglück. Auch er zersetzt alles mit salziger Ironie. Warum reicht er dann Edgar nicht die Hand? Weil zwischen beiden ein Unterschied besteht wie zwischen Leben und Tod. Der Franzose stürzt sich ins Chaos und dankt ab. Der Russe steigt erst aus dem Chaos und ringt um die Form. Von allen Feinden, die Edgar zu stürzen hat, ist Gott das leichteste Opfer. Den wirft er kurzerhand über Bord, ohne Diskussion. Sein Volk hat längst dessen Prozeß erledigt. Aber vor allen Feinden, die der Russe verschont, ist Gott: denn er will erst noch leben. Sein Nihilismus ist nicht ungläubig, sondern fatal. Sein Nihilismus ist gläubig.

Drei Jünglinge in diesem dumpfen Café von Montmartre: die drei Gesichter Europas. Drei Liebende, drei Revolutionäre.

Aber zum großen Symbol gestaltete sich kurz vor fünf Uhr das Auftreten Lolas, in einem blendend purpurnen Samtcape, frisch und rosig aufgeblüht wie die gerade hinter dem Sacré-Cœur aufknospende Morgensonne.

Sie war die einzige, die nicht müde schien, obwohl sie die einzige war, den drei Männern gegenüber, die die ganze Nacht hindurch für die Erhaltung von Mutter und Kind getanzt und gesungen, das heißt, gearbeitet hatte. Wie eine Fee aus Gaze und Geheimnis trat sie durch den verrauchten und stickigen Raum, von Männern angelächelt und zuweilen roh angehalten, und ging wie schwebend zu der Ecke, in der die drei Unglücklichen hockten. Mit einem Maiglöckchenstrauß (es schien als ob die Glöckchen läuteten) schlug sie einem jeden leicht auf die Schulter und gebot, ihr zu folgen. Vor der Türe hielt ein großer viersitziger, silbern und golden angestrichener Rolls Royce, den ihr ein Amerikaner samt dem livrierten Chauffeur für diese Nacht geliehen hatte.
„Wir wollen die Sonne im Bois de Boulogne aufgehen sehen", befahl sie.

12. Kapitel

Das Auto flog wie ein Geschoß geradewegs bis zum Triumphbogen, umkreiste diesen in grandiosem Bogen dreimal, als wollte es einen Stützpunkt für die weitere Fahrt befestigen: Paris mit seinen Türmen, Wolken und Bäumen drehte sich um die Insassen wie eine Berg- und Talbahn. Dann aber kletterte der Wagen in plötzlich verlangsamtem Tempo die Avenue du Bois entlang, vor deren Palästen die frühen Pförtner die Nacht wegfegten, und drang dann vorsichtig in den grünen Tunnel des Waldes. Lola warf ein Lachen in die klare Luft und scheuchte damit die erste Amsel des Tages aus einem Haselnußstrauch. Bis dahin hatten alle vier geschwiegen. Sie hatten sich natürlicherweise so gesetzt, wie es ihrem äußeren Aussehen zukam: Edgar, zu Lolas Linken, tief ins weißseidene Polster gerekelt, die Beine mit den funkelnden Pumps übereinandergeschlagen, und gegenüber auf den zwei unbequemeren Sitzen, Ewersejeff und Edmund, dieser mit krampfhaft angezogenen Beinen, damit man seine schmutzigen, seit zwei Tagen nicht geputzten Schuhe nicht bemerke, der Russe nachlässig und scheinbar uninteressiert, mit seiner lottrigen Anmut herausfordernd.

Nur der Franzose verstand die Situation auszunutzen. Er schaltete seine Gefühle um und bedachte die wie eine Orange sich aus Nebeln schälende Sonne und die Schwäne auf den polierten Seen mit seinem Humor: scherzend warf er auf alle Natur seines Esprits beizendes Vitriol. Edmund wurde sentimental. Er benutzte

die Gelegenheit, um den Bois, den er nicht kannte, genau zu studieren, gab historische Aufschlüsse, die er aus Büchern wußte, und bedauerte, daß die vom Morgentau glitzernden, dem Bade der Nacht mit jungfräulicher Frische entsteigenden Partes Pré Catelan und Ermenonville am Tage wieder von einer bürgerlichen und übelriechenden Menge entstellt werden würden. Oder er versuchte die dichten Gebüsche herauszufinden, in denen sich jene berüchtigten Orgien des Sommers 1923 abgespielt haben mochten, die die dekadenten Snobs veranstalteten. Er klagte darüber, daß die Hirsche und die Nymphen auf immer aus diesen Dickichten vertrieben seien. Schließlich, in einer schattigen Allee, entdeckte er ein Liebespaar: ein Arbeiter führte mit der linken Hand sein Fahrrad und mit der rechten eine Frau in einem roten Mantel, an dem noch welkes Blattwerk hing. Diese Idylle brachte ihn zum Schweigen.
Ewersejeff schlief in seiner Ecke.
Lola aber beobachtete genau die drei Jünglinge, die Anspruch auf ihr Herz machten, und beschloß, am Abend zu dem Amerikaner zu gehen.
Sie schrie dem Chauffeur zu, so schnell wie möglich aus dieser grün und goldenen Waldeshölle zu fliehen, in der das Echo die Armut der menschlichen Seele so laut wiedergibt.
Als das Auto sie kurz darauf vor dem Hotel des Grand Hommes absetzte, bildeten die neugierigen Passanten Spalier vor dieser sonderbaren Gesellschaft, die aus dem Jenseits der Nacht herüberverschlagen schien.

13. Kapitel

Bitter war für Edmund die Erkenntnis, daß ihm sein um zehn Jahre jüngerer Bruder fast in allem überlegen war. In allem: Edgar wußte sich besser anzuziehen als er, und mit dreißig lernt man nicht mehr eine Krawatte binden, sie bindet sich von selbst an deinem Hals, ebenso schicksalhaft gut oder schlecht, wie dein Gang dem Hosenbein seine Falten einätzt. Edgar war artiger im Umgang mit Menschen: kann man mit dreißig die Tonfarbe der Stimme noch umändern? Edgar war besserer Psychologe, Edgar hatte größere Kenntnisse in der Philosophie: das alles war nicht einzuholen!

In Mitropa hatte sich Edmund für berühmt gehalten, weil sein Name mit dem anderer Pazifisten in Zeitschriften gestanden und weil eine kleine Bourgeoisie ihn bei gelegentlichen Meetings in Halle, Salzburg oder Neuchâtel ausgepfiffen hatte. Doch der Skandal war nicht ins große Ausland gedrungen. Hier in Paris war er unbekannt, selbst bei denen, die er als seine Mitkämpfer angesehen hatte.

Eines Tages, als er in der Rue Montmartre an dem Gebäude vorbeikam, in dem sich seltsamerweise die Redaktionen von mindestens zwölf in Gesinnung und Wesen diametral entgegengesetzten und feindlichen Zeitungen befanden, so daß man sich fragen mußte, wie solch ein Haus, unter dem atmosphärischen Druck der in allen Zimmer angehäuften und sich gegeneinander austobenden Haß- und Eifersuchtsgefühle, noch nicht explodiert war, trat Edmund in den großen Gang hinein. Er las tatsächlich nebeneinander die Namen einer kommunistischen und einer royalistischen Zeitung, die sich in das dritte Stockwerk teilten. Im ersten befand sich die Redaktion einer erotischen Zeitschrift, die dafür bekannt war, daß sie nur Abbildungen nackter Frauen und die Adressen exquisiter Bordelle brachte. Darüber hatten Bäcker- und Pferdezuchtorgane ihre Geschäftsstellen. Im vierten Stock wurde das gelesenste Abendblatt Frankreichs geschrieben, das keine politische Färbung, das heißt, alle gleichzeitig hatte. Als Edmund im Lift am dritten Stockwerk vorbeifuhr, sah er, daß die beiden gegenüberliegenden Eingangstüren offen waren, und aus beiden hörte man aufgeregte Männerstimmen. Die intimsten Feinde in diesem Land konnten einander leicht behorchen und gaben ihre Geheimnisse ohne Inanspruchnahme von Detektiven und Spitzeln preis. Und vielleicht grüßten sich die Journalisten auf der Treppe tief oder machten sogar einen Witz über die schlechte Heizung?

War das das Geheimnis aller Politik? Daß es nämlich gar keine Geheimnisse gab, daß nur grobe und groteske Formeln die Parteien trennten, aber die Kämpfer menschlich keineswegs mit ihrem ganzen Blut dabei waren? Das merkte man auch am Umgang der Abgeordneten in der Kammer, die sich in den Gängen duzten und auf der Rednerbühne ohrfeigten.

Edmund hatte als Auslandskorrespondent an dem Linksblatt mitgearbeitet und sich immer darauf gefreut, seine Gesinnungsgenossen einmal persönlich kennen zu lernen. Aber am Eingang empfing man ihn barsch. Dreiviertel Stunden mußte er warten, während deren er allerlei beschäftigte und unaufmerksame Journalisten vorüberirren sah, in verlotterten Mänteln, schmutzigen

altmodischen Pelerinen, Pfeifen im Mund, in jede Ecke hineinspuckend und schreiend wie in einem Bazar. Eine unwiderstehliche Verachtung erfüllte ihn.
Dann wurde er von einem unbekannten Redakteur empfangen, der sich kaum seines Namens entsann, obwohl vor etlichen Monaten ein Artikel in diesem Blatt gedruckt worden war, den er für sein Evangelium gehalten hatte. Nach einigen Höflichkeitsformeln floh Edmund aus dieser Fabrik, die nur für den Tag arbeitete, und keine größeren Werte verbreitete als der Bäcker mit seinen täglich frischen Brötchen.
Auch Lola, die ihn bei seiner Arbeit in der Schweiz unterstützt und ihn einmal darum gefleht hatte, seine Sekretärin sein zu dürfen, Lola hatte dies alles vergessen und verleugnet.
Er erinnerte sich jetzt mit wehem Gefühl an eine Reise nach Zürich, die sie gemeinsam im ersten Jahr ihrer Bekanntschaft unternommen hatten. 1916. Das Jahr von Verdun. Das Jahr, in dem das Blut am rötesten floß, aber anderswo die Schmerzliebe am rötesten brannte. Damals schwamm tatsächlich ein Schweizer Holzhäuschen über der Blutflut Europas. Drin hauste die internationale Familie von Männern, die den Gedanken an die Liebe und an das Leben zu retten hatten: Dichter waren da aus allen Ländern, und jeder steuerte ein Symbol, eine Gestalt bei, um die göttliche Menagerie, die zur Arche gehörte, zu vervollständigen. Im Hotel Schwert in Zürich war ein offiziöser Kongreß der Weltbrüder anberaumt worden. Es war die erste der Friedenskonferenzen, von der aber niemand mehr spricht, und die kein Geschichtsbuch nennen wird. Deutsche Novellisten, französische Lyriker, italienische Journalisten, russische Dogmatiker, belgische Maler und indische Sozio-

logen hatten eines Nachmittags in der Halle des seltsam stillen Hotels, das wie ein Schiff auf der grünen Limmat verankert war und oben das Dach mit kupferner Abendsonne beziegelt hatte, geschworen, der Mensch sei heilig und unantastbar.
Große Tage der Hoffnung und der europäischen Vorbereitung waren das gewesen. An einem Abend war er mit Lola von einem Arbeiterkomitee zu einer geheimen Sitzung im Hinterstübchen einer schlichten Wirtschaft draußen in der Enge eingeladen worden, wo der unscheinbare Genosse Lenin einen Vortrag über die revolutionäre Unterminierung des Balkans hielt. Polizei war draußen angesammelt gewesen. Sie hatten sich dann schnell auf einem kleinen Pfad am See verlaufen, Edmund, Lola und Ludwig Rubiner. Lola war etwas bange geworden, nicht vor der Polizei, sondern vor den harten, einsilbigen Zürcher Arbeitern, vor der Schlichtheit des Lokals und vor der totenerweckenden Stimme Lenins. Nie hatte das Wort Proletariat so finster, so nackt, so hoffnungslos geklungen. Das Wort Proletariat auf Schweizerdeutsch. Dann aber waren die drei die ganze Nacht hindurch am flammenden See entlang gewandert, bis über Rüschlikon hinaus, vorbei an duftenden Gärten, Apfelhainen und Weinbergen, und hatten aus den hellen Sternbildern über den Alpen das Rätselwort der Zukunft zu entziffern gesucht.
In jener Nacht, wie hatte ihn Lola geliebt! Wie hatte Rubiner Europa geliebt! Wie hatte er, Edmund, die ganze Welt geliebt!
Im Hotel Schwert hatte ein armenischer Bildhauer eine Statue nach ihr gemacht und auf einer Ausstellung in Venedig die „Göttin der Freiheit“ genannt. Die Huldigungen waren zahlreich. Und Lola hatte sich als ein

wunderbarer Kamerad erwiesen. Und auf das Wort Kamerad war er allerdings hereingefallen. „Ich Tölpel", schlug er sich jetzt vor den Kopf.

Und nun, was war aus Lola geworden?

Genau dasselbe, was aus ganz Europa geworden, und was aus allen wird, die einmal in einem allzu heißen Schmerz geglüht haben: sie sind Bäume, strotzend von Farbe und Kraft, aber die süßen, schweren Früchte, die sie tragen müßten, sind in einer kalten Frühlingsnacht schon zur Erde gesunken, und es bleibt nichts anderes mehr zu tun, als in Schönheit auf den Oktober zu warten. Und man hat nichts mehr zu verlieren. Und man läßt sich gehen, bis Blatt um Blatt sich löst.

Die alten Ausdrücke wie Gefallene, Verlorene, Hure paßten in den katholischen Wortschatz der feigen Bourgeoisie. Viel zu simpel. Wenn Lola Tänzerin im Kaukasischen Schloß war, glaubte jeder zu verstehen, was es bedeutete: aber jeder irrte sich, der es auch nur deuten wollte. Die Lolas allein waren konsequent. Sie waren die stürmischen Amazonen, das Todeskorps, das dem Geschlecht mit kurzen Röcken und kurzen Haaren unumwunden voranging und das Hallali blies. In ihren Dörfern, in ihren beblümten Alkoven staunten die letzten Jungfrauen und die letzten Mütter. Eine kurze Ruhmeszeit hub an für die Frauen, oktoberfarben. Und dann krachte der Stamm Europa zusammen.

Was für einen Weg hatte Lola in diesen wenigen Monaten in Paris durchschritten! Sie hatte beinah das bewußte, selbstmörderische Geistesniveau eines Edgar erreicht, die wandelbare Frau! Aber viel härter und verknöcherter ist das Rückgrat der Männer: wehe den Dreißigjährigen, den Trägern einer plötzlich veralteten und unnützen Kultur, die doch noch Prätentionen ans

Leben hatten und jung sein mußten, und denen es nicht anstand, mit dem Kopf zu wackeln wie Greise! Denen, die nie geherrscht hatten und nie herrschen würden, den abgedankten Kronprinzen einer erblichen und gottbegnadeten Zivilisation! Den Dreißigjährigen nach dem Weltkrieg! Die aber noch eine Moral im Genick trugen wie die hohen gestärkten Vatermörder von 1910. Und die einmal geglaubt hatten, die Menschheit nähere sich der Erfüllung. Denn mit welchem Hochmut waren sie nicht aufgewachsen, mit dem Hochmut des siegreichen Fortschritts. Die Sehnsucht der Menschheit seit Tausenden von Jahren hatte sich in den zwei Jahrzehnten, die sie gelebt hatten, erfüllt: die Entdeckung des Nordpols, die Besteigung des Himalaya, die Erfindung von Luftschiffen, mit denen man über den Atlantik fuhr, Fernhören, Fernschreiben, Fernsehen und Ferntöten. Alles, alles das, und doch kein Glück? Vielmehr ein größeres Seelenelend als je? Gipfelpunkte, und dabei immer nur der Gedanke an den Tod? Die letzten Erforschungen des Ichs, und doch die hemmungslosen, nicht zu stillenden Epidemien von Selbstmord?

14. Kapitel

Da stand Edmund nun auf den großen Boulevards von Paris, mit einer sogenannten guten provinziellen Erziehung, mit seiner klassischen Bildung, mit seinem ästhetischen Sinn und schließlich mit einem Ideal im Herzen, das er wie eine Kostbarkeit mitgebracht hatte, wie andere junge Leute früher die goldene Uhr des Vaters, die man im Leben nie veräußern will. Da stand er und merkte, daß alle die von ihm angesammelten Erkenntnisse in demselben Maß entwertet waren wie die dreiprozentigen Consols der entsprechenden Länder: denn die nunmehrige Weltmoral forderte sieben Prozent.

Eine Rettungsmöglichkeit seiner Persönlichkeit hatte er gleich am ersten Tag seines Aufenthaltes erwogen, nach der Diskussion mit seines Bruders unheimlichen Freunden und auch nach dem Diner bei der fremden Dame, die er Mutter nennen mußte: fliehen, zurück in die gemütliche Kleinheit, in die angenehme Wärme der Gewohnheit. Aber bevor er seinen Stolz bewältigt und seine Neugierde gestillt hatte, bevor er überhaupt zur Besinnung gekommen war, hatte Lola die Maske des Schicksals für ihn aufgesetzt. Was denn sollte er anderswo suchen? Und würde ihm jetzt noch sonstwo auf der Erde, sei es im naturnahen Orient, sei es im kaltherzigen Amerika, die Ruhe wiederkommen, nachdem ihm das beizende Gift des Zweifels eingeträufelt worden war?

Also dann zu den Zweiflern übergehen? Das heißt, in

die Lehre dieser jungen Menschen, von denen einige beinahe seine Söhne sein konnten? Auch das nicht! Zum erstenmal gestand er sich, daß man sich gehen lassen könne, warten was da wird, feige sich dem Leben ausliefern und eventuell — eine Niederlage ertragen. Das ist die erste Stunde des Alters in einem Mann.

Nun hatte er plötzlich Zeit, viel Zeit, viel zuviel Zeit: ein Gefühl, das er seit der Kindheit nicht mehr genossen. Er besaß eine kleine Rente, mit der er langsam leben konnte, aber frei. Entgegen seiner einstigen Gewohnheit, früh aufzustehen, tat er sich jetzt einen Zwang an, um liegen zu bleiben und somit den ersten peinlichen Teil des Tages, an dem der Mensch sich selbst gegenübergestellt ist und wohl oder übel, sei es nur des Scheitels wegen, vor den Spiegel treten muß, zu versäumen. Das war aber eine schlechte Berechnung. Denn im Bette, halbwach, überfielen ihn die leidigen Gedanken um so schamloser. Da läutete er hastig nach dem Morgenkaffee und erkundigte sich nach Nummer 15. „Das russische Fräulein ist heute früh um neun heimgekommen, sie ist weiß wie Schnee und ganz krank", meldete das Zimmermädchen.

Edmund stürzte hinunter und fand die Aussage bestätigt. Madame Blechkin stand am Bett, die Hände, in denen sie eine Arzneiflasche und einen Löffel hielt, flehend emporgereckt. Sergej kniete, legte die schlaffe Hand der Mutter auf seinen Kopf und betete. Am Fenster stand Ewersejeff und grinste: Edmund sah ihn zum erstenmal so respektlos. Doch als er ihn fragte, was los sei, verzog dieser böse den Mund. Aber was war das? Edmund war nicht erschrocken, sondern ein bißchen froh über das, was passierte, und er mußte, auch er, das Lächeln verhalten: denn nun würde Lola ihm endlich länger gehören als bisher. Er würde ihre Gegenwart mit Ewersejeff teilen, gut: aber er hätte Zeit, ihre Hand in seine Hand zu nehmen; ihre Augen in seine Augen, und vielleicht, wer weiß, ihr Herz wieder in das seine. Illusionen sind das Manna der Armen.

Zu Mittag wußte man, daß Lola Kokain genommen hatte. Frau Blechkin heulte und meinte, sie werde sterben müssen. Ewersejeff geriet in eine unbeschreibliche Wut und schrie, als wäre er der Vater im Haus und alle Verantwortung läge auf seinen Schultern. Edmund schwieg; er hatte es gleich geahnt.

Seit jener Morgenfahrt in den Bois de Boulogne hatte sich im Benehmen Lolas vieles geändert. Wie eine, der kein anderer Ausweg bleibt, hatte sie die Einladungen zu ausgesuchten Orgien angenommen, denen sie sich früher immer entzogen hatte. Wie eine, die an der Liebe für ewig verzweifelte. Zuhause, im Benehmen zu Mutter und Kind war sie zwar immer die Gleiche geblieben, ließ von dem Luxus, der ihr zu Gebote stand und den sie über alles verachtete, nichts in das ihr heilige Familienzimmer dringen, und überschüttete nur, wann sie konnte, jeden mit Geschenken. Der Mutter kaufte sie seidene Tücher, Sergej Dampfmaschinen und große Aeroplane, Ewersejeff einen neuen Anzug, und jeden Abend gab es Kaviar, Lachs und Gänseleber. Es kam ihr nur darauf an, den Lieben zuhause (welche Ironie, dies „zuhause“) kleine Freuden des Lebens zu bereiten. Für sie selber war der Tanz und die Fête eine Sklaverei. Sie trug immer ein einfaches schwarzes Samtkleid mit einer gelben Rose an der Taille, aber die Kavaliere kämpften umsonst um sie. Damals, in der Nacht mit dem purpurnen Cape und dem gold und silbernen Rolls-Royce hatte sie nur mit Hilfe eines gutmütigen Gönners einen

vorübergehenden Spaß getrieben, lediglich zur Belustigung der drei Kameraden — man weiß, wie es ausging. Im übrigen erzählte sie nie von ihren Erlebnissen, klagte nicht und protzte nicht, genau wie eine Arbeiterin, die aus dem Atelier kommt, und auch über die Kokaingeschichte blieb sie hartnäckig stumm.
Und wie durch einen geheimen Pakt gebunden, stellte auch niemand Fragen an sie. Es wäre ein Eingriff in ihre Freiheit gewesen, und die Freiheit war das einzige und letzte Gut dieser Menschen. Selbst eine bornierte Mutter wie die Blechkin fühlte das. Man spürte auch, daß auf einer solchen Freiheitsbasis ein Mensch eigentlich nichts Böses begehen konnte. Und vielleicht, so überlegte Edmund oft bei sich selber, ist die einzig mögliche Freiheit der Menschen nur unter solchen Umständen realisierbar, wo auch kein Blick und kein stummes Wort eine Schranke ist.
Lola brauchte lange Tage, um sich zu erholen. Edmund wich nicht von ihrem Lager, froh darüber, daß er nicht ins ungastliche Paris hinaus mußte. Denn seine letzten Versuche, sich mit der großen Stadt zu befreunden, waren ziemlich fehlgeschlagen. In den Museen, im Invalidendom, in den Folies-Bergère wie in der Bibliothèque Nationale, überall hatte er das gleiche Gefühl der Langeweile gespürt, wie die Leere, die ein Hungernder im Magen hat. Sie boten ihm nämlich alle nicht, wonach sein ganzes Wesen schrie: Leben und Liebe. Die Geschichte, die Kunst, die Bücher sind tot für den, der das Bedürfnis hat, sich aufzureißen und sein stagnierendes Blut über Steine und Wolken zu schütten. Die Nähe dieser unerreichbaren Frau, sie allein war Grund zum Leben. Mochte sie ihn wie einen wertlosen Schulknaben behandeln, sich über seine Kragen lustig machen, ihn

ungeduldig abweisen, wenn seine ungeschlachten Hände die halbgeöffnete Lilie einer ihrer Hände zerdrückten, und ihm Gänge in die entlegensten Viertel von Paris auftragen, wegen eines Schuhs oder einer Wurstspezialität, nur um ihn eine Zeitlang los zu sein: er hielt sich noch für bevorzugt. Er, der nie gelernt hatte, etwas für andere zu tun, und dem Leben gegenüber gestanden war, wie ein verzogener Knabe seiner Mutter, von der er alles verlangt und der er nichts schuldig zu sein behauptet: er fand in den alten Kommoden seines Gefühls unermeßliche Schätze von Fürsorglichkeit und Ergebenheit und, was ihn am meisten wunderte, unerhörte Vorräte an Geduld. Ihm war wie einem lange Jahre Ferngereisten, der in das verlassene Elternhaus heimkehrt, und unerwartete Schätze in Kammern und Kellern vorfindet. Er wurde der Gebende, er der immer nur genommen hatte. Er wurde still an diesem Bett, er der immer nur in Apfelhainen oder in Cafés auf der Suche nach dem Unfindbaren herumgelaufen war: dasjenige nämlich, das nirgendwo anders steckt als in uns selber. Nicht die Natur und nicht die Kultur können dich glücklich machen, wenn in deinem Blut das Feuer schlecht brennt, das des Gefühls; denn dann frierst du immer. Selbst lohender Jubel oder Zorn einer tausendköpfigen Menge, in die er die Worte von Freiheit und Gerechtigkeit und Menschenliebe geworfen hatte, wie ein Millionär Kupfermünzen unters Volk, hatten ihn nicht gelöst.

Als Edmund von einem seiner Botengänge wieder in Lolas Zimmer trat, saß Edgar am Bett, an seinem eigenen gewohnten Platz. Lola schien verändert, lachte, wie man sie seit Beginn ihrer Krankheit nicht hatte lachen hören. Edmund war darüber so enttäuscht, daß er ver-

gaß, seinen Bruder zu begrüßen, und wie ein fremder Besucher bei einem Arzt, der wartet, daß er an die Reihe kommt, sich in die Mitte des Zimmers setzte. Erst mit viel Ironie gelang es den beiden anderen, ihn aufzurütteln, so daß er langsam seinen Mantel auszog und seinen Stuhl bis ans Fußende vorschob. Während er sich so dem Bereich der Wirklichkeit näherte, merkte er, wie sich gleichzeitig die Hände Edgars und Lolas auf der Bettdecke fanden. Brennender empfand er seine Einsamkeit als vorhin unter den zehntausend Passanten des Boulevard des Capucines.
Auch er hatte seit Wochen auf diesem Stuhl gesessen, aber Edgar hatte ihn heute von Anfang an zehn Zentimeter nähergerückt (und was machen zehn Zentimeter im Herzen eines Liebenden aus!). Edgar hatte von vornhinein die Hand des Mädchens genommen, als sei es natürlich, während er selber es nur in ganz feierlichen Augenblicken gewagt hatte. Zum erstenmal seit Lolas Krankheit kam Edgar — und siegte.
Edmund fühlte zehnfach seine Schwerfälligkeit, als trüge er ein dickes Eisbärenfell wie die Eskimos, das ihn in seinen Bewegungen behinderte. Er nahm jedes Wort und jede Geste ernst, er der Mitropäer. Edgar jonglierte auf dem gespannten Drahtseil aller Möglichkeiten und riskierte was? Was riskiert man, aus dem Fenster zu springen, wenn man die Sehnen einer Katze besitzt?
Und Edmund begann, sich langsam zu hassen. Sich zu hassen, statt die beiden andern. Er hatte bereits den Grad der Selbstbetrachtung erreicht, an dem der Mann die Schuld immer sich selbst, und nicht mehr den andern zuschiebt. Auch das ist ein Grund zur Schwäche. Einsicht macht schwach, im Kampf mit Dritten. Stark sind nur die blinde Wut und der taube Haß. Stark ist

nur der, der sich nicht kennt und die andern verkennt. Edmund protestierte innerlich nicht gegen das Benehmen des Bruders und der Geliebten, sondern gegen das Schicksal, das ihn so ungeschmeidig hatte werden lassen.

Das Schicksal konnte man in diesem Fall auch seine Mutter nennen: aber eine hier ganz unbeteiligte Person. Warum hatte sie ihn in Mitropa erziehen lassen, wo die Aufrichtigkeit den Vorrang hat vor dem Gefühl, wo die Gesundheit vor der Schönheit kommt?

Wie anders war die Erziehung Pariser Kinder, die von Anfang an auf den Umgang mit Menschen abgerichtet wurden, ohne nach dem Sinn der Natur zu fragen! Wo alles auf die Grazie und die Beweglichkeit ankam und einer plumpen Naivität wenig Reiz beigemessen wurde. Da schon von Zivilisation die Rede ist, dann schon ganz! Die Kultur, die auf halbem Wege noch mit der Natur liebäugelt und mit den felltragenen Urvätern, ist nur halbes Mittel. Sensibilität, also schon eine körperliche Verfeinerung, ist der Ertrag der Zivilisation, nicht aufgeklebte Geistigkeit. Und Sensibilität ist jedermann, auch dem Volke zugänglich, ohne den Besuch hoher Schulen.

Was konnte er tun gegen Edgar? Nichts. Nicht einmal Mitleid mit sich selber war ihm beschieden, nur eine wilde Bitterkeit. Er konnte ihm nicht böse sein, der da in seinem Recht war und im Besitz unersetzbarer Fähigkeiten.

Wie anders auch benahm sich Ewersejeff, der Fatalist, dem Fall gegenüber. Er schwieg und litt, aber ohne Einsicht und ohne Verzeihen. Er hielt sich an Mutter Blechkin. Er hielt sich an die Familie. Voll falscher Bescheidenheit schwieg er in der Ecke. Aber er wartete seinen Moment ab. Jetzt war er arm, das heißt, höchst unwürdig und schandbar. Mochte das Täubchen flattern. Einmal, wenn er die goldene Kugel hätte, würde er schon richtig schießen. Der Franzose war kein Obstakel. Und Edmund nur eine getünchte Fassade, kein Mann.

War Lola sich alles dessen bewußt? Nicht bewußt, aber sie ahnte vieles, und sie handelte richtig wie die Traumwandlerinnen, wie überhaupt die Frauen. Eine Krankheit ist immer eine Erwartung. Vor allem aber diese Krankheit, als Folge einer beinahe absichtlichen Vergiftung, diese körperliche Verzweiflung, die man einer moralischen vorgezogen hat.

Drei Männer standen vor ihrem Herzen Wache, und keine Liebe schlummerte drinnen. Edgars Helligkeit empfing sie wie einen Strauß Rosen. Edmund war sie zugetan wie der pazifistischen Idee, der sie in seiner Gesellschaft einige bemerkenswerte Jahre lang treu gewesen. Und was Ewersejeff betrifft: alle Russinnen, die einmal den westlichen, harten Mann gekostet, verachten ein wenig die tatlose fatalistische Sentimentalität ihrer Genossen.

So umworben und beschäftigt Lola aussah: einsam war sie, glücklos und leer.

Mit ihrem Sergej, den sie ihr Brüderchen nannte, hätte sie sich trösten können: aber sie war keine Mutter. Wie hätte sie sonst überhaupt ihre Mutterschaft verleugnen mögen?

„Sagen Sie mir, Freund, was mir fehlt“, wandte sie sich an Edgar und legte ihre blasse Hand wie eine Lilie auf seine Schulter.

„Das müßten Sie mich fragen!“ antwortete Edmund statt des Bruders, mit einem Mollklang in der Stimme,

der seine Eifersucht enthüllte. „Edgar fehlt es nicht an Psychologie, doch an Geduld für diese Probleme!"
„Gut", machte Lola, „die Frage ist eine Rundfrage."
„Sie sind zu schwach, Lola, Sie wissen nicht, was sie wollen", sagte Edmund.
„Sie sind zu stark, Lola, Sie wissen zu gut, was Sie wollen", sagte Edgar.
„Beide haben recht", rief Ewersejeff, der gerade in die Tür getreten, „sie ist ein Weib. Und überdies fehlt ihr eine Million."
„Soll man wissen? Soll man wollen?" fragte Lola.
„Stark zu sein, ist die Schwäche des Mannes. Schwach zu sein, ist die Stärke des Weibes", erklärte Ewersejeff.
„Bin ich schwach?" lächelte Lola.
„Nur wenn Sie lieben. Und heute sind Sie dreimal stark!"
Alle schwiegen. Die Demonstration war zu einleuchtend. Was konnte nach solchen definitiven Sätzen noch gewagt oder versucht werden? Lola zerriß mit ihren harten Fingern die Blätter einer Rose in Fetzen, und beobachtete, wie die Wunden des Blumenfleisches rosteten. Sie überlegte: sie liebte keinen.

15. Kapitel

Aha! Sie liebte keinen? Diese Erkenntnis kam über Edmund wie eine Erleuchtung. Ja dann war ja alles noch gutzumachen und im Grunde nichts verloren? Neue Hoffnung durchstrahlte sein eifersüchtiges Herz, wie das Morgenlicht immer blendender an das Gitterfenster der Gefängniszelle schlägt, in der ein zum Tode Verurteilter bereits die Schritte des herannahenden Henkers zu vernehmen geglaubt hatte. Noch war eine Revision des Urteils möglich. Edgars Eindruck auf Lola war bei weitem nicht so bedeutend und endgültig, wie er gefürchtet hatte. Sie selbst hatte es in eklatanter Weise bewiesen. Und bei dieser eben erlebten Szene konnte es sich um kein falsches Spiel, kein kleinliches Heucheln gehandelt haben. Es war mit heiseren, beschlagenen Stimmen gesprochen worden, als ob ein Orakel befragt würde... Und die Pythia hatte tiefe geheimnisvolle Wahrheiten über das Weib ausgesagt.
Sie liebte keinen? Gut. Dann hatte sich Edmund doch nicht geirrt. Dann war Lola also doch eine ganz andere Frau, die mit der gewöhnlichen Pariser Artigkeit, liebes Edgarchen, noch lange nicht zu fangen war. Sie war ein Weib in höherem, metaphysischem Sinn, konstruierte Edmund weiter, an das Fenster seines Zimmers gelehnt und den Kopf tiefatmend in den blauen Himmel wie unter eine Dusche hinaussteckend.
Und wieder stark geworden bei dem euphorischen Gefühl, das ihn erfüllte, begann sich der Mitropäer, der in ihm steckte, gerade jene Weltanschauung zu zimmern,

die zu diesem Augenblick paßte. Der Mitropäer, dem oft der Rohstoff zu einem Fabrikat und die Grundidee zu einer Weltanschauung fehlt, ist hingegen ein guter und fleißiger und technisch raffinierter Verarbeiter fremder Stoffe. In Mitropa arbeiten die Maschinen und die Literarhistoriker am präzisesten von der Welt. Der schöpferische Gedanke wird oft aus dem Ausland bezogen. Aber aus ihm werden die täglichen Bedarfsartikel (wie aus Eisen Hosenknöpfe) hergestellt, die das Made in Germany über den ganzen Globus glanzvoll verbreitet haben.

Der Mitropäer hat einen geduldigen Sammlerinstinkt, den die leidenschaftlichen schöpferischen Völker nicht besitzen, und deshalb konnte ein Steiner einer Zeit, die nach einem Gott rang und schrie, eine neue Philosophie, ja sogar eine neue Dreifaltigkeit zu billigen Einkaufspreisen offerieren, in der Elemente aus alten und neuen Religionen zu einem fast genießbaren Maggiwürfel verarbeitet waren.

Edmund konstruierte sich in demselben Augenblick, in dem schon wieder eine Hoffnung ihn hob, ein ganzes neues Lebensgebäude.

Unter den wenigen Büchern, die er mitgenommen hatte, befand sich ein zerlesener „Zitatenschatz", den er immer so fromm bei sich führte, wie eine Engländerin die Bibel. Wenn er einige Minuten lang nichts zu tun hatte, oder wenn er sich geistig schlapp fühlte, suchte er aufs Geratewohl in dem Buch nach dem geflügelten Wort eines großen Dichters und ließ sich also behend auf Genieflügeln in eine hehrere Welt der Erkenntnis oder der Schönheit entheben.

Und fast mechanisch las er heute, ohne zuerst weiter zu denken, dieses Wort Goethes: „Der Zweck des

Lebens ist das Leben selbst". Der Zweck des Lebens… Der Zweck des Lebens ist… Rechts über der Pantheonskuppel stand das Sternbild der Waage. Der Zweck des Lebens… Lola. Niemanden liebt sie. Wie kann man so leben? Wie kann man so leben ohne Liebe? Und die anderen denn? Ist Edgar einer Liebe fähig? Jetzt hat er es heraus! Alle, alle diese Zeitgenossen um ihn herum, die ohne Glauben, ohne Ehrfurcht, ohne anderen Trieb leben als den zur Erfüllung der Sinne, und die lachen, wenn einer sagt, er habe ein Ideal, irren sie sich denn alle, oder haben sie nicht vielleicht doch irgendwo recht? Lola zieht nervös die Augenbrauen zusammen, wenn er sie zufällig an ihre gemeinsam verbrachte Pazifistenzeit erinnert. Sie haßt die Vergangenheit, sie lebt wie die Blume nur diesem Tag, ob es nebelt oder sonnt. Seltsames Weib, so klug und doch so erdennah. Und die Cocherelianer, die zu allem Nein sagen und den Mund verziehen, sie sterben deshalb noch lange nicht, sondern tanzen und trinken, tagaus, nachtein. Sie wissen! Und auch ihr Nein ist ein Ja, sie kosten mit ungeheurem Raffinement die Süße dieses Neins aus, wie man Haschisch kostet und die Nähe des Todes, die Gefahr des Abgrunds. Auch das ist Leben. Das Leben ist der Zweck Lolas, ist der Zweck Edgars, ist der Zweck seiner Mutter, Madame de Tizac, ist der Zweck dieser ganzen verzweifelten Menschheit.

Blitzschnell, in Edmunds spekulativem Hirn, entwickelt sich der Dreh, der ihn retten soll.

Es gibt verschiedene Arten, sich dem Unvermeidlichen gegenüber zu verhalten. Der Skorpion, um den man mit Kreide einen Kreis auf den Boden gezeichnet hat, hält sich für verloren und glaubt seinem Schicksal nur dadurch zu entgehen, daß er sich seinen Giftstachel ins eigene Gehirn bohrt — der Skorpion ist das einzige Tier, das in vollem Bewußtsein Selbstmord verübt.

Befindet sich ein Mitropäer, namentlich ein Deutscher, dem Unvermeidlichen gegenüber, benimmt er sich anders. Er erfindet einen Dreh in seinem Kopf, demzufolge, aus einer gewissen Gedankenspekulation heraus, er die Tatsachen völlig anders beleuchtet; er deutet sich den Kreidekreis einfach weg. Er hängt die Sonne um, von links nach rechts, und plötzlich ist dort Licht, wo eben Schatten war, und umgekehrt. Er begeht andauernd Geschichtsfälschungen, um sich selbst in helleres Licht zu stellen. Das ist es, was man Dreh nennt.

Edmund hat endlich nach vielen Zweifeln und Ohrfeigen erkannt, welches die Basis ist, auf der diese Westmenschen ihre Existenz aufgebaut haben. Und in seinem ungeheuren Frohlocken über diese Entdeckung hält er sich auch schon für den Erfinder dieser Idee, der er einen Namen gab. Er wird diese einzig wahre, im verröchelnden Europa einzig mögliche Weltanschauung in eine Form gießen und sie äußerlich zu der seinigen umfabrizieren. Diese jungen Leute haben vollkommen recht. Aber er allein weiß jetzt, warum... Er wird sich ihre Maximen aneignen, ihre Masken tragen, ihr Vokabularium erlernen, und ihnen ähnlich werden. (Heimlich hegt er auch schon die Hoffnung, durch straffe logische „Ballung" dieses Lebensprinzips, es irgendeinmal zu einer Führerrolle in diesem Milieu zu bringen: erster und letzter Ehrgeiz jedes Mitropäers!) Aber vorläufig der nähere Zweck: ein durchgekochter Cochereliainer werden, so zynisch wie nur ein Edgar, so gefühllos wie nur ein Drapier, so hemmungslos wie Lola selbst: und dann, und dann — wird er diese überwinden, besiegen und für sich erobern.

Mit diesem monumentalen Dreh im Kopf legte er sich ins Bett und schlief gut.
Am nächsten Morgen überraschte er Edgar, der eine kleine Garçonnière am Boulevard Malesherbes bewohnte: zwei fast gleiche, mit blauen Teppichen belegte und blauen Vorhängen dunkelbehangene Zimmer, in denen eine erstaunliche Ordnung herrschte: ganz das Gegenteil der gewohnten Bohèmebuden. Die Möbel waren schwarz und angenehm gerundet. Ein Diwan zu ebener Erde, Telephon und Zeichnungen von Picabia. Edgar ein Ästhet? Das hatte er zum wenigsten erwartet! Edgar war ein ganz anderer Mensch, wenn er empfing, als wenn er sozusagen objektiv auf der Straße oder im Café mit einem umging: er hatte die Artigkeit des Franzosen gegenüber dem Gast, dem sein Heim als sakrosankt zu gelten hat und dessen gesellschaftliche Ehrfurcht durch übergroßes Zuvorkommen ausgeglichen werden muß. Er brachte sofort Porto und Gläser. Er brachte Photographien aus der Kindheit, auf denen er dem Halbbruder seinen Papa in weißen Tennishosen und Panamahut zeigte, wobei er einige bissige Witze über ihre gemeinsame Mutter machte, als wäre sie eine Fremde. Dabei erfuhr Edmund, daß Madame de Tizac jetzt gerade dabei war, sich mit dem alten de Saintes zu verloben. „Wie alt ist sie?“ warf er ein, und Edgar antwortete lächelnd: „Vor dem Friseur 51, nachher 31. Aber die Zahlen 5 und 3 sehen sich von weitem, bei Nebelwetter und auf den Börsenkurszetteln verdammt ähnlich!“
Edmund erfuhr aber auch etliches über seinen eigenen Vater, seine Geburt und sein Schicksal: und der Bruder schloß seinen Bericht mit einem Satz, der je nach dem Ton grausam freundschaftlich oder unheimlich böse

ausgelegt werden konnte: „Also im Grunde bist du ein Boche!“ Und den Ton vermochte Edmund nicht zu deuten. Er senkte den Kopf. Er war noch zu kurze Zeit in Paris, um zu wissen, daß der neuerliche Snobismus der fortgeschrittenen Kreise gerade darin bestand, die Deutschen zu loben und bei sich zu empfangen. Wenn ein Künstler oder Schriftsteller herüberkam, rivalisierten die Salons vom Boulevard Saint-Germain und vom Etoile um die Ehre, ein solches Kuriosum ihren Gästen vorzustellen, genau so wie eine Negertänzerin oder einen indischen Fakir. Und dann glaubten die deutschen Kulturträger schon, es sei erreicht. Ja, die Mode ging so weit, daß ein bekannter Schriftsteller sich mit der Tochter eines deutschen Generals öffentlich verlobte und ein Musiker seine Frau nach München sandte, damit sie dort entband und ihm einen halbdeutschen Sohn schenkte.

Um aber endlich von dem Thema abzulenken, begann sich Edmund angelegentlich in den Räumen umzusehen und entdeckte nirgends, an keiner Wand, auf keinem Tisch ein Buch. „Wo ist deine Bibliothek?“ fragte er den Bruder. „Ich habe keine. Ich besitze keine. Ich besitze und lese nur ein Buch. Da ist es!“ erwiderte Edgar, stemmte sich auf den linken Ellenbogen und holte unter seinem Kopfkissen ein dünnes, zerlesenes, zerschlissenes Bändchen hervor: „Paludes“ von André Gide.

„Statt der Bibel, des ‚Kapitals‘ und des ‚Raskolnikoffs‘ ist das das Grundbuch des heutigen europäischen Geistes. Ich sagte es ja: du bist ein Barbar!“

Edmund wollte das Büchlein in die Hand nehmen. „Unnötig darin zu blättern“, machte Edgar, indem er es ihm leise aus der Hand nahm. „Auch lesen kann man’s nicht. Man muß es essen, trinken, schlafen, rauchen, man muß damit leben und es auswendig kennen. Vielleicht wirst du in sechs Wochen würdig sein, darüber zu reden."

„Darf ich es kaufen, oder bedarf es auch einer persönlichen Autorisation von Ihnen, Ihren Freunden, oder dem Autor?"

„Es ist im Buchhandel nicht mehr erhältlich", erklärte Edgar in fast mysteriösem Ton. „Dann wirst du mir's doch leihen", sagte Edmund so ganz leichthin, doch innerlich triumphierend, da er gewissermaßen jetzt mit Edgar zu spielen glaubte.

„Wie soll ich ruhig schlafen, ohne die Gewißheit unter dem Kissen zu haben, daß es endlich einen Menschen in Europa gibt, der die Dummheit des Wachens genau durchschaut hat!"

Da nahm ja Edgar sich und etwas ernst! Edmund jubelte über diesen Dreh und heuchelte nur noch sein Interesse: „Erkläre mir wenigstens die Philosophie dieses großen Mannes!"

„Das bedeutete, eine endgültige Verzweiflung in dein Herz träufeln. Und du bist doch geistig so gesund und hoffnungsfroh. Du hast keine Ahnung vom Jammer Europas. Es wäre schade um dich und — wahrscheinlich auch nutzlos. Es ist schwerer zu verneinen als zu bejahen, weil die Tatsache schon, daß wir atmen, ein unwiderlegbares Ja ist —" Edmund unterbrach hoffnungsfreudig: „Das erste Ja, das ich dich aussprechen höre!"

„Aber dennoch Nein sagen und gegen den Strom schwimmen, dazu gehört ein Training von Jugend auf."

„So schließt du mich aus der Gesellschaft der wahren Europäer aus?"

„Sei froh, denn die schwimmen alle auf einem heillos verseuchten Schiff. Ihr Zentralmenschen und Östler

hingegen habt noch ein Fenster nach der Seite des erfrischenden Windes und der Erneuerung."
„Ist das Paris? Das aus allen kleinen Provinzen, von allen Erdteilen und Ozeaninseln die Menschen anzieht wie ein hellrosa schimmernder Leuchtturm die Falter der geistigen Nacht?"
Edmund staunte nicht mehr über die Gehässigkeit, mit der sein Bruder von der Stadt sprach, deren Stickluft seinem Organismus doch notwendiger war als reines Ozon der Berge. Ja, das Leben war stärker als seine Verneiner. Wenn Edgar im Sommer, weil es sich so schickte und weil Paris unter Staub und Dunst erstickte, ans Meer oder mit seiner Mutter in die Touraine reiste, war er dort nervös und fiebrig wie ein Opiomane, dem man sein Gift entzogen. Nur in Paris war er gesund, ein flinker Fisch in den Sumpfgegenden des Boulevard de la Madeleine, der wie ein mit gelben Kacheln ausgeschlagenes Aquarium aussah. Und doch sprach er nur Bannflüche gegen seine Stadt aus, genau wie er über seine eigenen Freunde nur Böses aussagte und sich selbst wahrscheinlich so unausstehlich fand, daß er täglich mehrere Male das Wort Selbstmord in den Mund nahm.
Bei einem Spitalbesuch ist es nicht der Kranke, da ist es der Gesunde, der sich schämt. Er schämt sich seiner zu lauten Stimme, seines zu frischen Atems, seiner Glieder, unter denen der Stuhl kracht: denn die Gesundheit ist bäurisch und brutal. Das durchschaute Edmund jetzt. Er hatte sich in Paris geschämt, daß er Ideale hatte und vielleicht an Gott glaubte, daß er dies und jenes schön fand, wie zum Beispiel an Frühlingsabenden das graublaue Panorama von einer der Brücken aus, Justizpalast und Notre-Dame in eine rosa Unwirklichkeit emporgehoben, oder wenn plötzlich hinter einem

Square eine Eskadron von fünfzig Reitern der Garde Républicaine, mit den wehenden Pferdeschweifen am Goldhelm hervorgaloppierte und schnell wieder, wie eine Vision, von einer Untergrundbahnbrücke aufgeschluckt wurde.

Von nun ab schloß er sich allen Manifestationen der Cocherelgruppe an. Der Tag dieser jungen Menschen begann gegen vier Uhr, in einer Bar der Rue Duphot, die für ihr gutes italienisches Eis bekannt war. Die Bar war fast leer, so als ob sie reserviert sei, und Drapier, der im Nebenfach Musiker war (sein Hauptfach war der Pessimismus), spielte auf dem Klavier, in Abwesenheit der Jazzkapelle, ein kleines Stückchen von Satie. Gegen fünf Uhr siedelte man ins Bœuf sur le Toit über, wo offiziell mit einigen Freundinnen aus der hohen Gesellschaft getanzt wurde. Aber immerhin wenig Tanz, wenig Alkohol, immer nur so etwas wie die Quintessenz davon, und nie ohne die begleitende Geste der Ermüdung und des Ekels vor der Geringfügigkeit des Lebens. Einige schöne Frauen waren da, die trösteten wie frische Rosen in einem Krankenzimmer. Im großen und ganzen gingen die jungen Herren aber mit ihnen sehr ungalant um, ließen sie nach einem Tango mitten im Saal stehen, traten an einen anderen Tisch und drückten einem Bekannten die Hand, ohne dessen Begleiterin zu beachten oder sich vorstellen zu lassen. Die Frauen ihrerseits taten sehr burschikos, zündeten sich selber ihre Zigaretten an und holten sich von Zeit zu Zeit ihren Tänzer von einem Tisch.

Edgar spielte hier eine erste Rolle. Er war überall umworben. Das beruhigte Edmund, denn er mußte sich sagen, daß gegenüber so viel pikanten Gelegenheiten eine Lola in ihrem Hotelfamilienzimmer für ihn ein kleines

Nebenaventürchen bedeuten mochte. Und seine Eifersucht glomm leiser.

Edgar beugte sich über ein Mädchen mit kupferroten Haaren und zwickte sich ein Veilchen ab aus einem Strauß, den sie tief zwischen den Brüsten trug. Was für ein Don Juan. Was für ein Feind! Diese Geschmeidigkeit! Jetzt führte er das Mädchen an seinen Tisch heran und stellte Edmund vor.

„Hier ist ein Jüngling, der noch an die Liebe glaubt, Riette!"

Riette trug ein preußischblaues Samtkleidchen mit einem weißen Schulknabenkragen und Manschetten. Sie trat einen halben Schritt zurück, hielt ihre beiden zum Kreis gerundeten Daumen und Zeigefinger wie einen Operngucker vor ihre leuchtenden Augen und rief:

„Dieses Phänomen muß ich mir ansehen!"

„Er ist gefährlich", lachte Edgar, als sie sich darauf neben Edmund setzte, „nehmen Sie sich in Acht. Wenn Sie zuviel Alkohol an sich haben, können Sie leicht Feuer fangen!"

„Ich bin gegen Feuer und Beinbruch versichert. Und mein Herz, was man so nennt, ist wasserdicht wie ein Gummibeutel."

Edmund beherrschte seinen Abscheu.

Um nicht lächerlich zu wirken, mußte er jetzt etwas sagen. Es wäre eine Gelegenheit gewesen, nun einmal anzubringen, was er seit dem Umgang mit Edgar und seiner Bande gelernt hatte, nämlich die bereits zu Klischees gewordenen Klagen über Zivilisaton, Müdigkeit und Langeweile herzusagen, wie ein guter Schüler, der abgehört wird. Aber das wurde ihm zur Pein. War es nicht wirksamer, seine wahren Gefühle zu enthüllen, aber mit einem Ton, der leicht ironisch aufgefaßt wer-

den konnte, so daß der Zuhörer nicht mehr wußte, was Wahrheit, was Paradoxon war:
„Ja, ich trage noch ein altmodisches Herz heimlich unter meinem Wollsweater, mein Fräulein, das hat eine so unglückliche Form wie Öllämpchen aus der Großmutterzeit. Um Gottes willen, kommen Sie mir nicht zu nah, sonst laß ich es fallen, und plumps, springt die ganze Bar in die Luft. Lachen Sie nicht! So ein Herz ist gefährlicher als eine Bombe. Es kann die gräßlichsten Explosionen verursachen, Sie werden schon sehen! (Er schielte dabei zu Edgar hinüber.) Nein, ich möchte noch einen anderen Vergleich nehmen. Ein Herz ist ein Stück Radium. Wissen Sie, wie selten und wie teuer Radium ist? Ein Gramm kostet Millionen. Nehmen wir an, ein Menschenherz wiege 200 Gramm, da können Sie sich seinen Wert in der Phantasie ausrechnen. Und seine Ausstrahlungen sind ebenso wirksam wie die des Radiums: es wirkt Wunder. Aber wer damit nicht umzugehen versteht, dem verbrennt es die Finger, die Arme, die Augen. Noch alle, die bis heute mit Radium oder Liebe hantiert haben, sind daran entweder lahm oder blind geworden. Darum gratuliere ich Ihnen, mein Fräulein, daß Sie gegen solcherlei Gefahren so gewappnet sind, und vor allem, daß unsereins in Ihrer Nähe gefahrlos gähnen darf!"
Edgar lächelte. Riette hatte nichts verstanden.
Cocherel und Drapier, die diesem pathetischen Bekenntnis zuerst von der Seite, und dann mit gesteigertem Interesse zugehört hatten, indem sie dabei an Strohhalmen sogen, winkten Edmund begeistert zu, denn sie glaubten, es sei eine Mystifikation und ein sehr geistreicher Spaß von ihm. Sie waren angenehm überrascht, bei dem bislang so schweren Zentralmenschen, dem alles

blutiger Ernst war — ob man von Maschinengewehren oder Unterröcken oder Spinoza sprach — plötzlich diesen beizenden Witz zu entdecken.

Eine dicke Dame am Nebentisch, wie ein Schellenbaum umklirrt von Glasperlen, Pailletten und goldenen Anhängseln, beugte sich herüber, klopfte sich mit den kleinen, untersetzten Händchen wie die Camilla von Corneille, wenn Madeleine Roch sie in der Comédie Francaise darstellt, auf den wild wogenden Busen und flüsterte Edmund zu:

„Wenn Sie traurig sind: ich bin die Schwester, die Mutter und die Jungfrau!"

Cocherel stellte sie sofort als die Marquise de Pompon vor. Sie rückte ihren Stuhl bedeutend näher. Edgar wurde von Riette zu einem Charleston aufgefordert. Die anderen woben sich in Zigarettenwolken und in ein Gespräch über die Nase der Neger ein. Nun erklärte ihm die Marquise de Pompon, sie sei eine frühe Freundin Paul Valérys, eine Muse Strawinskys und eins der gelungensten Porträts Modiglianis. Vor acht Tagen sei sie aber zum Katholizismus übergetreten: es bliebe einer ewig durstigen Seele in dieser liebesarmen Zeit einfach nichts anderes mehr übrig.

„Und wissen Sie, wie ich den Katholizismus entdeckt habe?" fragte sie Edmund, indem sie ihm aufs Knie klopfte. „Der zarte Dichter Max Jacob entführte mich, ich sage: entführte! eben von diesem Lokal aus um vier Uhr früh, und bat mich, ihn zu seinen Engeln zu begleiten. ‚Wollen Sie sterben?' fragte ich ihn, und er gab mir nicht die banale, von jedem Commis zu erwartende Antwort: ‚Nachdem ich in den Grund Ihrer Augen geschaut habe, ist mir das Leben nichtig geworden!' sondern rief dem Chauffeur die Adresse: ‚Sacré-Cœur!' zu.

Der Wagen kletterte die schon rosig sich färbenden Straßen des Hügels so schnell hinauf, daß man sich wie in einem Lift vorkam. ‚Das ist die Jacobsleiter!' bemerkte lächelnd Jacob der Dichter. Er zeigte mir die letzten alten Mauern von Montmartre, die einstweilig noch hier und da mit staubigem Efeu bewachsen waren, ehe sie pappenen Wolkenkratzern weichen mußten. Mit Rührung wies er sogar auf einen Feigenbaum, der sich aus einem verwunschenen Garten sehnte. Das Auto hielt vor dem Portal der vom ersten Sonnenstrahl vergoldeten Kirche. Der Dichter gab dem Chauffeur zu wenig Trinkgeld und wurde dafür mit den unflätigsten Namen traktiert. ‚Ich enttäusche Sie, weil ich arm bin!' entschuldigte sich Max Jacob und zog den Hut tief ab. ‚Aber seien Sie mir nicht bös, ich werde es sofort beichten!' und trat, mich unterm Arm fassend, in das hohe, dunkle Gewölbe ein. Ich erschauerte vor Ehrfurcht. In der fast wesenhaften, fast greifbaren Nacht dieses Raumes hörte man den Flügelschlag der unsichtbaren Engel. Einige ärmliche Kerzen zitterten. Es war mir, als sähe ich im Flackerschein vom Fuß des Gekreuzigten einen Blutstropfen sickern. Unversehens fiel ich in die Knie. Erst als mich die Kälte des Steins durchfuhr, erhob ich mich und war eine andere geworden. Max Jacob stellte mich dem Pfarrer vor..."

„Und jetzt warten Sie jede Nacht im Bœuf sur le Toit bis 5 Uhr früh, um rechtzeitig ins Sacré-Cœur beichten zu gehen?"

Die Insassen des Tisches hatten die beiden allein gelassen. Edmund wußte nicht recht, wie er diese Auszeichnung, von einer authentischen Marquise in einer Bar bemerkt zu werden, deuten sollte. Wurde ihm eine Ehre zuteil, oder machte man sich einen Scherz? Er selber

fand diese Gestalt unendlich lächerlich, und doch, und doch, warum begegneten ihr alle mit so offensichtlicher Ehrerbietung?
Eine Marquise, und war sie noch so alt und wie eine Bonbonniere mit Rouge, mit Wachs, mit Roßhaar, mit Lack und mit Rosenöl ausstaffiert, war eben doch eine Marquise, und die Schlechtgeborenen ergingen sich gern im Schatten ihres zerzausten und herbstlich gefleckten hundertjährigen Stammbaums. Die Marquise de Pompon spuckte auf den Teppich, rauchte Zigarren, sagte, wenn sie hinausging, sie müsse pissen gehn, und fluchte wie ein Hallenweib; und doch blieb sie Marquise! Edmund empfand eine seltsame Genugtuung von ihr ausgezeichnet zu werden.
Nach einigen Tagen hatte sich Edmund vollends an das Milieu gewöhnt. Immer mehr entdeckte er, daß auch die Freiheit der Zyniker, der Amoralisten und Verneiner ihre Gesetze besaß, und von Formeln und Klischees eingezäunt war. Die „Langeweile" dieser jungen Leute war nur ein Lebensprinzip, wie fünfzig Jahre früher der Optimismus der Bohème von Murger. Es ging im Bœuf sur le Toit genau so zugeknöpft zu wie in den Salons des Boulevard Saint-Germain. Und die Anhänger Cocherels waren meist von bester Familie. Zum mindesten: von bestem Geist. Die Gesellschaft in dieser Bar war adelig, wenn nicht von Abstammung, so gewiß von Geistes Gnaden. Und das erklärte auch ein wenig die Fin-de-siècle-Stimmung. Aber es gehörte schon die ganze Illusionskraft des Mitropäers dazu, um in diesem Raume auf den Endsieg des Lebens so fest zu vertrauen wie auf den der Mittelmächte im Weltkrieg.
Die Bar war furchtbar eng und gab den Gästen bessere Gelegenheit, miteinander anzuknüpfen: von Tisch zu

Tisch, ja, auch mit den drei Hawaiern des Jazz-Band und mit dem Barman wurde ungezwungen die Konversation geführt. Der Raum sah aus wie eine Zufluchtstätte von Leuten, die draußen in der Welt alles verloren hatten, wie eine dunkle Barke, die, durch irgend einen Strudel vom Tau losgerissen, jetzt auf dem Europäischen Meer herumtanzte, und die Gezeichneten erwarteten den sicheren Tod mit kühlem Gesang.
Obwohl sie die buntesten Liköre tranken, waren sie alle müde, müde, müde. Sie wußten, es hatte keinen Sinn mehr, zu wissen und zu leben. Es war vollkommen unnötig, sich noch aufzuregen, und sei es über seinen eigenen Tod! Die Abgründe und die Gipfel des menschlichen Wissens waren ihnen bekannt. Und sie lächelten, weil es das Einzige ist, was ein kluger Mensch vor dem Schafott tun kann.
Sie ahnten, zu welcher Rolle in der Geschichte ihres Vaterlandes sie berufen waren: sie bildeten die Nachhut hinter dem jahrhundertelangen Heereszug der europäischen Ritter.
Ihnen war beschieden, mit einer letzten heroischen Geste das Kapitel abzuschließen. Sie wußten, daß sie nicht dem schaffenden Leben, aber einem ebenso fruchtbaren Tode geweiht waren. Und sie versuchten, ihren Tod mit allen Tugenden und Wahrheiten auszustatten. Sie lebten wie Leute, die nichts mehr zu verlieren haben. Wie die Vogelfreien aus dem Mittelalter. Und in diesem Gedankengang war ihnen alles erlaubt. Sie spieen den Menschen und Gott ins Gesicht. Sie suchten, was sie zu finden fürchteten. Sie bauten, was sie zerstören würden. Sie liebten, was sie hassen könnten. Sie töteten, was sie verehren mochten. Und sie verlachten das, woran sie glaubten.

Eine unglückliche Generation, die keine Mütter mehr hatte zu knien, keine Bräute zu streicheln und keine Töchter zu segnen!
Aber trotzig waren sie! Tapfer wie Godefroy und mutig wie Danton. Sie entleibten sich im Angesicht der fünf Kontinente. Sie waren die Märtyrer eines anerkannten Schicksals und starben ebenso schön wie ihre Vorfahren auf dem Schafott. Sie starben mit Genie und Ekstase. Eins nach dem andern rissen sie sich ihre Ideale aus der Seele, den Glauben an all die großen Dichter, an die Heerführer, an die Erfinder und an die berühmten Liebenden. Sie rissen sich langsam die Zehen, die Füße, die Schenkel, das Liebesglied, die Leber und das Herz heraus, und lachten dazu.
Der Selbstmord der Zivilisation.

16. Kapitel

Wenn Edmund jetzt gegen Mittag, noch etwas müde, im Hotel des Grands Hommes seine Visite bei Lola machte, tat er absichtlich so, als verschweige er gewisse Dinge, die sich in der Nacht zugetragen, was den bewundernden Tadel der Madame Blechkin und ein neugieriges Schweigen der Geliebten zur Folge hatte. Er spielte seine Rolle ganz gut, das heißt, er imitierte seinen Bruder Edgar leidlich. Und der Effekt war, daß Lola ihn viel interessierter erwartete und über die Freunde, die Frauen und so weiter ausfragte. Edgar selber kam seiner Gewohnheit nach ganz selten, denn er verlor ungern, behauptete er, seine Zeit mit Frauen, das heißt der Hof rentierte sich nur bei gleichzeitig erwiesener Huld. Und Lola war krank und nie allein.

Edmunds Herz konnte jetzt ruhig und regelmäßig schlagen.

Die Nachtbeleuchtung des Bœuf sur le Toit wob ihm einen kleinen Heiligenschein. Ewersejeff selbst hatte mehr Respekt und zuckte nicht mehr so mit den Schultern, wenn Edmund sich über Lolas Hand beugte. Und Lola, eines Tages, gab ihrer Bewunderung mit den Worten Ausdruck:

„Wirklich, Edutschka, du bist hier reifer geworden!"

Edmund wütete mit einem geradezu grandiosen Fanatismus gegen seine Gesundheit, die ihm lästig war angesichts der vom Jahrhundertfieber erfaßten schmächtigen Lola. Er harrte jetzt die Nächte lang im Bœuf sur le

Toit aus, war immer der letzte Gast, freundete sich mit den Hawaiern an, versuchte ins Banjo zu tuten, und lud sie nachher alle noch in Kutscherkneipen ein. Er untersagte es sich, vor sieben Uhr nach Hause zu kommen. Dann konnte er bis zur Abenddämmerung schlafen, und brachte es sogar so weit, daß er mehrere Tage lang seine Besuche bei den Blechkins einstellte, unter dem Vorwand, er sei zu müde und zu beschäftigt.

Und doch auch diesmal verrechnete sich Edmund. Das Schicksal bewies ihm, daß man mit ihm nicht falschspielen kann, und daß von jedem die Regeln des Jeus erbarmungslos genau eingehalten werden müssen.

Als Edmund einmal, nach fünf oder sechs Tagen, abends um halb sechs an die Tür der Russin klopfte, nachdem er seinem Gesicht eine lässige, übermütige Müdigkeit einstudiert hatte, war er baß erstaunt, niemand andern anzutreffen als die gute Zwickermama. Lola war ausgegangen. Das war die einzige Möglichkeit, an die er nie gedacht hatte: daß Lola auch einmal wieder gesunden konnte. Es war für den unbegnadeten Liebenden so einfach und bequem gewesen, solange sie krank war: er konnte sie im Zimmer antreffen, so oft es ihm angenehm war, und im übrigen war sie in ihrer Bewegungs- und gewissermaßen auch Denkfreiheit ziemlich beschränkt gewesen. Der Kranke ist dem gesunden Besucher immer etwas verpflichtet.

Warum hatte er heute gleich die Intuition, betrogen zu werden? War es nicht seine eigene Schuld, wenn er nicht mehr auf dem laufenden gehalten worden war? Er hatte nicht gefühlt, daß Charme sich nicht erlernt, sondern vererbt, und daß für ihn die Rolle des Lebemanns die unglaubhafteste war, weil ihm die instinktive Artigkeit fehlte, die oft in scheinbarer Unartigkeit besteht.

Betrogen, jawohl, so nannte er das, als Madame Blechkin ihm, absolut ohne Ironie und ohne jeglichen Hintergedanken, erklärte, Lola habe eine Stellung als Sekretärin in der Pariser Sowjetgesandtschaft angenommen. Nicht aus politischen, aus rein sentimentalen Gründen nannte er das einen Verrat. Lola arbeitete: unerträglicher Gedanke. Lola dem schönen, wilden, bittern Spiel der Liebe mehr oder weniger entzogen, Lola wieder ein Mensch, der nicht krank ist, und nicht frivol, in keiner Weise mehr schwach, ein Mensch, der auf kleine, reale Dinge seinen Geist richtet, auf Geschäftspapiere, Vertragsakten oder diplomatische Berichte: o Verrat!
Frau Blechkin trug Tee und Mohnkuchen auf und setzte sich wieder neben ihn, wie damals in Chailly, wenn Lola weggefahren war, und die Alte ihm aus der Tochter Jugendzeit erzählte, sonderbare Geschichten, wie Märchen der Schulbücher. Ein Rußland hatte es gegeben, mit viel Schnee, mit einem gütigen Zaren, mit Generälen und sittsamen jungen Mädchen, von denen Lola eine der letzten gewesen sein mochte. Einmal war sie zum Hochzeitsfest eines Großfürsten geladen, „und unsere Lolenka hätten Sie den Czardas tanzen sehen sollen, mit einem Kadetten zusammen, sie wurde sofort fürs kaiserliche Ballett vorgeschlagen ..."
„Altes Zeug!" unterbrach sie Edmund barsch. „Eine ganz gewöhnliche Kupplerin sind Sie! Wo ist Lola?"
Ein Freund (was für ein Freund? schon wieder ein Freund? schließlich stellte es sich heraus, daß es sich um Ewersejeff handelte) hatte die Tanzmüde überzeugt, daß es nur noch ein Narkotikum gebe, das sie einerseits aus dem Genußleben, andererseits aus der Melancholie erretten würde: die Arbeit. Das neu errichtete Büro der Handelsdelegation hatte dem Zeitungshändler einen

gutbezahlten Posten angeboten und ihn gebeten, auch seine Bekannten herbeizuziehen. Lola, die noch von der Schweiz her den russischen Verbannten von damals bekannt war, wurde ohne weiteres aufgenommen, obwohl ihre einstige Verbindung mit einem Marineoffizier und ihr jetziges Kabarettleben mit bolschewistischen Allüren wenig Ähnlichkeit gehabt hatten. In Paris, und mit untergeordneten Beamten, waren die Vertreter der Diktaturregierung recht kulant.

Edmund hörte nur eins heraus: Ewersejeff hatte sie auf seine Seite gezogen! Dieser ungewaschene, unrasierte, immer so demütig schweigsame Russe hatte sie gekapert, während er noch beschäftigt war, die Uneroberte durch Umstellung seiner ganzen Person dem gefährlicher aussehenden Edgar streitig zu machen! War er der Dumme im Blindekuhspiel? Wo er hinlief und hintapste, entwich ihm der Gegner, ohne daß er es merkte. Ein tobender Zorn stieg ihm zu Kopf, um so unerträglicher, als es ein Zorn gegen sich selber war.

Ewersejeff, den er unumschränkt verachtet, den er fast übersehen hatte, dem es scheinbar immer nur auf den Tee und die Nähe der Dampfheizung angekommen war: er Sieger über ihn? Nein, das, unmöglich!

Er fand einen Gegner vor sich, den er bis jetzt immer verachtet hatte. Ob zu Recht oder ohne Unrecht, war hier nicht wesentlich. Nichts ist schwerer, als in einem Liebeshandel einen unwürdigen Rivalen vor sich zu haben. Denn der Haß muß doppelt sein: nicht nur gegen diesen selbst, sondern rückprallend auch gegen die geliebte Frau, die einem solchen die Ehre erweist, Rivale sein zu dürfen, und gewissermaßen zu seiner Bundesgenossin wird. Wieviel angenehmer und ehrenvoller war es, sich mit Edgar zu messen, dem der ältere Bruder,

trotz ihrer Verwandtschaft und trotz des Altersunterschiedes, einen adligeren Rang beimaß, weil er Pariser und weil er jünger war.
Aber zwischen Ewersejeff und ihm war nie der geringste Funke Sympathie aufgeglommen. Obwohl sie tagelang in demselben Zimmer und mit denselben Gedanken um Lola gelebt hatten, war nicht der geringste Kontakt, weder ideell noch gefühlsmäßig, zwischen ihnen zustandegekommen. Sie hatten sich wohl die Streichhölzer herübergereicht, manchmal vom Fenster bis zu Lolas Diwan ein Wettrennen veanstaltet, um ein gefallenes Band aufzuheben, oder auch in kalter, ganz unpersönlicher Weise ein Zeitungsproblem gemeinsam erörtert, ohne sich dabei anzublicken, so oben hin, um ja zu bedeuten, daß jedem schließlich die Meinung des andern vollkommen gleichgültig war.
Eine unüberbrückbare Verachtung trennte die beiden. Aus Verachtung hatten sie es sich bisher versagt, auch nur gereizt zu sein gegeneinander. Aus Verachtung hatten sie gelächelt.
Aus Verachtung hatten sie es unterlassen, sich objektiv zu beobachten und zu kritisieren, so daß sie beide eine sehr falsche Meinung voneinander haben mußten. Und aus Verachtung schließlich hatte sich keiner je herabgelassen, mit Lola über den andern zu reden und zu versuchen, ihre Gefühle zu analysieren oder gar zu beeinflussen. Sie glaubten immer, die Anwesenheit des andern sei ein grenzenloser, ganz nebensächlichen Dingen zuzuschreibender Irrtum, oder bestenfalls aus Mitleid geduldet. Ja mit Mitleid erklärte jeder am leichtesten des anderen Gunst.
Daß Madame Blechkin den verkommenen, heimat- und arbeitslosen Russen aus Mitleid bei sich aufgenom-

men hatte und nun durch die Macht der Gewohnheit als zu ihrer Gemeinschaft gehörig betrachtete, ließ bei Edmund keinen Zweifel zu. Da er die Slaven schlecht kannte, taxierte er auch Ewersejeffs gedrücktes, uninteressiertes und schlampiges Benehmen danach. Sich von zwei Frauen wie ein Hund aushalten zu lassen, empfand er als unmännlich. Sich als Revolutionär auszugeben, und dabei von den besoffenen Kapitalisten von Montmartre für eine Zeitungsnummer ein unangemessenes Trinkgeld zu schinden, unehrlich. Das ganze Wesen dieses stillen und doch irgendwo so leidenschaftlich intoleranten Slaven, unheimlich. Und bis heute hatte Edmund nicht einen Augenblick auch nur die Möglichkeit in Betracht gezogen, daß Lola für diesen Menschen eine andere Regung haben konnte, als die, die man Dienern oder Bettlern entgegenbringt. Ewersejeff trug einen geschenkten, hellgrauen Sommeranzug, der viel zu eng war, und dessen Ärmel und Hosen feine Knöchelgelenke freigaben. Er trug einen unmodischen Spitzbart, wahrscheinlich um das Rasieren zu sparen. Und seine stechenden Augen enthüllten seinen ganzen Geisteszustand.

Hätte er aber gewußt, der schlechte Psycholog, was für eine traurige Gestalt er selbst im Geiste Ewersejeffs vorstellte! Längst bevor er ins Hotel des Grands Hommes gekommen, kannte ihn der Russe und verachtete ihn, durch die Erzählungen, Anekdoten und Komplimente der Familie Blechkin hindurch. Was der Mitteleuropäer für positives Gefühl und echte Liebesmünze hinnahm: die Diminutiva und die einlullenden, familiären Kundgebungen der Alten, die fortwährenden, nicht immer gespielten Neckereien Lolas, und vor allem Sergejs unverblümte Antipathie gegen den „guten" Onkel

Edmund hatten genügt, um dem Eingeweihten zu bedeuten, um was für einen Typ Mensch es sich handelte. Er war der Geduldete! Mit ihm hatte man Mitleid! Nie hatte ihn die Mutter anders eingeschätzt als den gutmütigen, blinden Schwerenöter, der im Fall eines Unglücks als letzter Heiratskandidat in Betracht kam. Nie hatte Lola ihn geliebt, sondern ihn vielleicht in den ersten Schweizer Tagen für seinen Umgang mit namhaften Schriftstellern und Revolutionären ein bißchen bewundert. Und nie hatte das intuitive Kind einen Hehl aus seiner Furcht vor ihm gemacht. Trotzdem hielt er sich für den Hahn im Korbe und glaubte, verbriefte Rechte auf die Liebe der Drei zu besitzen!

Ewersejeff verachtete ihn nicht, er haßte ihn.

Er haßte ihn, weil er Edmund hieß. Er haßte ihn, weil er trotz seiner Schüchternheit eine schwarz-weiß karierte Krawatte trug. Er haßte ihn, weil er im Umgang mit Lola nicht schlagfertig war. Er haßte ihn, weil sein linker Schuhsenkel schlecht geknüpft war. Er haßte ihn, weil er im Diskant lachte. Er haßte ihn, weil er Blumen brachte, die immer einen Franc zu billig waren. Er haßte ihn, weil er nicht verstand, warum der Knabe ihn mied. Er haßte ihn, weil er das Wort Revolution in den Mund nahm. Er haßte ihn, weil er Kuchen so schlecht aß, daß immer Brösel an seiner Hose hingen. Er haßte ihn, weil er der kranken Lola immer Verse von Baudelaire falsch zitierte. Er haßte ihn, weil er so groß war und am Fenster stehend das karge Zimmer noch stark verdunkelte. Er haßte ihn, weil er Lola liebte. Er haßte ihn, weil er nicht merkte, daß man ihn haßte. Ewersejeff haßte Edmund so, daß er es nicht eingestehen wollte, denn auch das brachte irgendeine Intimität zwischen den beiden zustande. Er haßte ihn so, daß er beinahe

Lola nicht mehr lieben konnte, weil sie ihn nicht so haßte.

Mit einer Nitschewo-Melancholie hatte er gewartet, bis das Spiel des Lebens eine Änderung des Zustandes brachte. Er selbst hätte keinen Finger gerührt, kein Wort dafür gelispelt, und doch hing sein ganzes Sein davon ab.

Eines Tages war ihm dann im Café der Vorschlag gemacht worden, als Übersetzer bei der unlängst eingetroffenen Handelsdelegation mitzuwirken. Ewersejeff war als eines der reinsten, wenn auch politisch untätigen Elemente bekannt. Als er ins Hotel kam und es den Blechkins erzählte, schlug Lola in die Hände und rief, sie möchte auch arbeiten. Sie ging mit ihm aufs Büro und wurde ohne Schwierigkeiten engagiert. Von dem Tag ab war sie gesund. Edmund hatte sich seit vier Abenden nicht mehr gezeigt, und niemand hatte mehr an ihn gedacht.

Madame Blechkin schien von dem wilden Sturm unter Edmunds Schlapphut, den er aus Trotz und Ärger wieder aufgestülpt hatte, nichts zu bemerken. Sie erklärte ihm im Gegenteil, er werde sich über diese neue Wendung in Lolas Leben sehr freuen, er der anfangs gegen das Barleben, in dem man immer bar bezahlt, so gewütet hatte. Was sollte er gegen eine solche Harmlosigkeit der guten Frau tun? Zum erstenmal sah er ein, wie verderblich, wie negativ die „Güte“ der Harmlosen ist. Diese hatte er immer für die beste Mutter der Welt erklärt. Wie ein Tölpel hatte er sich auch von ihr einlullen lassen, mit Mohnkuchen, mit Tränen hinter dem Zwicker, mit kleinen hilflosen Vogelschreien. Und hätten es die Verhältnisse nur einmal erlaubt, er wäre ein vorbildlicher Schwiegersohn geworden.

Er konnte sich nicht zurückhalten. Er mußte ihr eine Szene machen. Jetzt, im ungeeignetsten Moment seit ihrer Bekanntschaft. Die Szene, die er nicht gemacht hatte, als ihn Lola im Café Old India einfach hatte sitzen lassen und mit dem Fremden ins Genfer Hotel des Bergues abgereist war, die er nicht gemacht hatte, als er zum erstenmal ahnte, daß Sergej der Sohn und nicht der Bruder Lolas war und man ihn so unmenschlich hatte belügen können, die er nicht gemacht hatte, hier in Paris, wo sie im Kaukasischen Montmartre als eine der vielen tanzenden Fürstinnen fungierte — jetzt, jetzt explodierte sie, im Moment, in dem Lola zu ehrlicher Arbeit zurückgefunden hatte. Wahrscheinlich fühlte er, daß er sie jetzt endgültig verlor.
Hätte ein französischer Lustspieldichter die Figur Edmunds je unter die Feder bekommen, hätte er ihn wohl mit dem lapidaren Satz gezeichnet: „Il est né cocu!"
„Eine Kupplerin sind Sie, Madame Blechkin. Zu allem sagen Sie: ja. Mit wem sie auch herumzieht, noch mit diesem miserabelsten der Pariser Straßenbummler, Sie geben Ihren Segen. Arbeiten? Dieser Schmarotzer arbeiten? Und Lola soll es in einem Büro an der Schreibmaschine aushalten? Mit den Perlmutternägeln, die sie hat! Ihr haltet mich wahrscheinlich alle zum Besten! Wenn sie wirklich ins Sowjethaus gegangen ist, dann weiß ich warum!"
„Warum?" schrie die Blechkin, richtig erzürnt. Sie band sich die Schürze los, im Gefühl, daß sie in der Abwehr imposanter aussehen müsse.
„Spionage!"
„Edutschka", sagte die Alte mit fistelnder Stimme, „nehmen Sie das Wort in den Mund zurück, fressen Sie es, schlucken Sie es bis zum Nabel hinunter. Doch

wenn es noch einmal in diesem Zimmer ertönt, sind wir beide fertig!"
Edmund warf sich auf den Diwan. Es fehlte wenig, er hätte sich langhin auf den Boden geworfen, wie als Knabe, wenn er unglücklich war. Die Nähe der Erde, das heimatliche Gefühl in der Nachbarschaft des Todes kühlt unsere Qual.
Nach zwei Minuten sah er selbst ein, daß er gefehlt hatte.
Plötzlich trat Sergej herein, der bis jetzt auf dem Pantheonsplatz gespielt hatte. Er hatte flammende Backen und trug eine feindselige Gesundheit zur Schau. Gesundheit ist dem Unglück gegenüber immer feindselig. Sein Haar roch nach Abend und Freiheit.
„Gehen Sie von dem Diwan weg", schrie er auf Edmund ein. „Der Diwan gehört Mamutschka. Gehen Sie weg!" Und dabei zog er ihn fest bei den Haaren. Das Kind verteidigte mit unglaublichem Instinkt die ferne Beleidigte.
Die Beleidigung durch ein Kind ist vielleicht noch demütigender als durch eine Frau, nicht nur weil man ihr gegenüber wehrloser ist, sondern weil sie noch weniger aus der Berechnung und nur tiefer aus dem Untergründigen des Bewußtseins kommt. Edmund wollte sich wie alle Schwächlinge wehren, indem er den Hieb als Streichelei aufzufassen vorgab und das Kind, als es sich ihm näherte, an sich in seine Arme riß. Aber das bekam ihm schlecht. Jähzornig griff Sergej, dessen linkes Handgelenk von Edmund zu stark gehalten wurde, mit der rechten Hand nach dem Füllfederhalter, der auf einem niedrigen Rundtisch neben dem Diwan stand, und stieß ihn dem Peiniger in den Arm. Augenblicklich ließ der Gestochene das leichte sich wegstemmende Körper-

chen los, und da prallte es hin, glitschte aus und schlug mit dem Hinterkopf gegen den Eßtisch. Zwei Vogelschreie wurden gleichzeitig laut, aber der der Mama Blechkin war noch schriller und weher. Ihr Gezwitscher und Gezeter um den rasch vom Boden aufgehobenen Jungen dauerte lange, lange, während sie sinnlos nach Verbandzeug, heißem Wasser oder Alkohol im Raum umherlief. Edmund wußte überhaupt nicht, was anfangen. Der Tintenstich schmerzte ihn, und doch wagte er sich nicht zum Waschtisch vor, aus Angst vor einer noch stärkeren Schreikrise. Der Sturz des Knaben war an sich ungefährlich gewesen, aber der Schreck der Alten gewaltig. Sie legte ihn der Länge nach auf den Diwan und wimmerte jetzt in einem fort nach Lola.

Edmunds Situation war peinlich. Weglaufen, auf sein Zimmer laufen, war unmöglich, hätte wie Flucht vor der Verantwortung gegenüber einer Frau und einem Kind ausgesehen. Und etwas sagen oder gar helfen schien noch unmöglicher.

Da kamen plötzlich Lola und Ewersejeff herein, mit der angenehmen Ruhe von Menschen, die ein Tagewerk vollbracht, die ihre Existenzberechtigung hienieden bewiesen haben. Sie mußten auf dem Nachhauseweg langsam bummelnd die Artigkeit von Paris genossen haben, die den Wunschlosen zuteil wird. Lola war sehr ruhig und schien von ihrer Krankheit ganz erholt. Ewersejeff hatte die Laune derjenigen, die nach langem Hunger gut gegessen haben.

Die dramatische Stellung der drei Menschen im Halbdunkel reizte sie zum Lachen. Sie dachten an einen Witz. Aber auch selbst nachdem Madame Blechkin die ganze Szene mit weinerlichen Allüren erzählt hatte, drehten die beiden alles ins alltäglich Groteske und lachten. Aber Edmund verdarb sein Spiel. Er blieb mürrisch. Er erreichte es, daß Lola ungeduldig ihre Handschuhe auf den Tisch warf und daß Ewersejeff eine Querfalte in die Stirn bekam.

„Ich will es wissen", stieß er hervor. „Bin ich zuviel in diesem Zimmer? Aus den Kindern sprechen die Geheimnisse der Großen."

Man schwieg und zuckte die Achseln.

„Lola", wandte sich Edmund an die junge Frau, „warum waren Sie gestern Abend nicht im Bœuf sur le Toit?"

„Ich gehe nicht mehr ins Bœuf, ich arbeite!"

„Arbeiten heißt verzweifeln", statuierte Edmund, der etwas bei seinen neuen Freunden gelernt hatte.

„Wer sagt das Gegenteil?" erwiderte Lola leise. „Man kann sich betrinken, man kann selbstmorden, man kann arbeiten, es ist alles dasselbe."

„Das ist Spielverderberei", sagte jetzt Edmund kläglich. „Ich bin für Sie fin-de-siècle geworden, und nun entschlüpfen Sie mir wieder und werden langweiligbürgerlich."

„Von der Langeweile der Cocherels bin ich wenigstens erlöst", höhnte Lola.

„Wir wollten doch freie Menschen sein!"

„Ja, was ist Freiheit? Tiefbürgerlich ist die Ihre, wenn Sie glauben, daß man sie in Bars und unbeschränktem Alkoholgenuß findet..."

„Das muß ich mir sagen lassen!" stöhnte Edmund.

„Weil Sie nie einen eigenen Gedanken, nie einen selbständigen Lebensinstinkt gehabt haben, und immer eine Viertelstunde zu spät auf eine Idee kommen. Sie entdecken jetzt Cocherel, das Bœuf und die Cocktails, wo die anderen den Betrieb schon längst an die Industrie zur weiteren Ausbeutung verkauft haben. Denn alles wird industriell ausgebeutet: der Kubismus im Kunstgewerbe, der Weltschmerz in der Psychoanalyse, und der Überrealismus im Hotelgewerbe. Und jetzt entsinne ich mich, Sie kamen ja auch eine Viertelstunde nach Rolland zum Pazifismus und zwei Jahre nach Trotzki zur Revolution!"

„Zur Revolution?" mischte sich zum erstenmal Ewersejeff mit drohendem Baß in die Diskussion, „das Wort Revolution in Ihrem Munde, Herr Edmund, tut mir jedesmal weh. Sie sind ein Literat und gefährlicher Plagiator der Revolution. Ich ziehe einen Royalisten einem Talmikommunisten vor. Ich seh es schon kommen: übermorgen werden Sie mich bitten, Ihnen einen ähnlichen Posten zu verschaffen. Das sage ich Ihnen gleich: nie! nie!"

Alles hieb auf ihn ein. Alles war gegen ihn verschworen. Lola, Ewersejeff, die Blechkin, Sergej. Mit diesen Menschen war es aus. Er würde sie nie wieder sehen. Wie ungerecht gingen sie alle mit ihm um! Sie schlugen ihn mit Keulen, sie stachen ihn mit Stecknadeln, sie pufften ihn mit Kochlöffeln.

Er empfand, daß gegen eine so große Tragik nur mit einer großen Geste anzukämpfen war. Daß man mit diesen Russen nicht mehr mit den gewöhnlichen mitteleuropäischen Karten kleinlich falschspielen durfte, sondern daß nur ein ehrliches Sichfinden und Sichbekennen ihn — nicht mehr vor der Antipathie, aber wenigstens vor der Lächerlichkeit retten konnte. Es war ihm, als könnte er jetzt seine Kleider ausziehen und hinknien vor diesen entfreundeten und entfremdeten Menschen, die nicht böse, aber alle mit dem gleichen Instinkt wie der Knabe vorhin mißtrauisch geworden waren.

„Das alles könnte stimmen“, sagte er mit ruhiger Stimme und fast lächelnd, „aber es gibt eine Erklärung und eine Enschuldigung für meine Fehlschritte, für alles was ich gewesen bin oder geschienen habe. Ich liebe Lola. Ja, du hast recht, auch bei dir bin ich immer eine Viertelstunde zu spät gekommen, selbst bei jahrelangem Vorsprung. Für dich bin ich das geworden, was ich nicht bin. Für dich habe ich mich immer neu verleugnet und verwandelt. Die Liebe war und ist meine Revolution. Die Liebe, das ist meine Freiheit. Ich war nach Paris gefahren, um Paris zu erleben, und ich fand wieder dich, nicht Paris. Was kann ich dafür, daß ich im Hotel des Grands Hommes abstieg, daß mein eigener Bruder dich am Tag vor meiner Ankunft schon gekannt hatte, daß heute Herr Ewersejeff das neue Ideal „Arbeit“ erfand, und nicht ich, der Idealenspezialist? Mein Los ist, dich nie zu gewinnen, damit ich meine Liebe nie verliere. Gut, ich nehme es an. Ich verschwinde.“
Frau Blechkin stand am Fenster und wischte sich eine Träne vom Zwicker. Lola strich ihre grünen Handschuhe glatt und glätter. Ewersejeff stand an der Türe — und ließ Edmund ruhig vorbeigehen, als dieser mit einem plötzlichen Griff sich umwandte und, sehr blaß im Gesicht, hinausstürzte.

17. Kapitel

Nun wußte Edmund doch nicht recht, was er getan hatte, als er sich plötzlich in einem Spiegel in der Auslage eines Konfektionsgeschäftes auf dem Boulevard Saint-Michel sah. Hatte dieser Mund die haltlosen Sätze gesprochen, die jetzt in seinem Hirn irgendwo blaß lagerten wie die fortgeschobenen Gewitterwolken am Horizont? Hatten diese Augen jene Szene beleuchtet: das schwarzrosa verdämmernde Hotelzimmer gegenüber dem ewigen Pantheon, wo dunkle Gestalten ums Haupt einen zerfließenden Goldschleier trugen, wie in einer sehr romantischen Erzählung?

Und hier war faßbare Wirklichkeit: die lächelnden Wachsmenschen, in schwarzem Jackett und Zylinder heimkehrend vom Turf, oder blondhell mit spannender Tennishose den Triumph des Lebens proklamierend, trugen stolz auf der Brust kunstvoll bemalte Etiketten mit der Aufschrift: 500 Fr. oder Ultra-Chic.

In dem Laden nebenan gab es Veilchenseife, Götterparfüms, Meerschwämme: die ganze Natur zum körperlichen Gebrauch des Menschen verarbeitet und veredelt, Geruch von Gebirge und Quellen, sämtliche Zauberformeln zur Betörung der Nymphen und Jungfraun. Billige, aber feste Preise.

In dem Geschäft weiter links standen Bücher: eine ganze Auslage voll gleichartiger, kanariengelber Romane. Und zum erstenmal seit langen Wochen wieder überlegte Edmund, wie unscheinbar unter diesen vielen ähnlichen Umschlägen unermeßliche Gefühlswelten,

Ereignisse, Leiden und Träume aufgestapelt waren, die man sich aneignen konnte, die da zu kaufen waren, für jedermann.

Das Wunder des Alltags.

Wie beneidete er in diesem Augenblick die einfachen Menschen, die da an ihm vorübergingen, einem erreichbaren „Zweck des Lebens" entgegengingen, und nicht gleich dem ganzen ungreifbaren „Leben"! Seine und seiner Generation Tragik lag wohl darin, zu Vieles und zu Hohes gewollt zu haben. Und nun, da alle Revolutionen, die des Herzens sowohl wie die des Proletariats, zerschellt waren, und da die Menschen im Sumpf der Gemeinplätze und der mißratenen Ideologien ratlos wie nach einer Überschwemmungskatastrophe umherirrten, was war noch zu tun? Die ganze Epoche war verpfuscht. Ein schmutziger Blut- und Tintenfleck in der Weltgeschichte. Es war nichts Großes mehr zu wollen, kein Ruhm mehr herauszuholen.

Ganz klein, ganz resigniert mußte man werden. Dem einzelnen erscholl der Alarmruf: „Sauve qui peut!" Wie nach der Sintflut. Mochte jeder still und ohne weiter als den Rand seines Berges zu sehen, sein Häuschen irgendwohin bauen, und ganz von vorne wieder anfangen, dumm und ruhmlos. Ein Weib, zwei Kinder, sechs Hühner, und nach dreißig Jahren Arbeit eine Pension. O wieder einfach werden, still und unbekannt.

Aber für ihn gab es kein Wunder mehr. Er war von nun an ausgeschaltet aus dem Reich der unbegrenzten Möglichkeiten, aus dem der Liebe. Er hatte sich selbst exiliert. Eben hatte er die Türe hinter sich zugeschlagen, hinter der er jahrelang gestanden, ohne sie zu überschreiten, hinter der er gefroren und gehustet hatte, hinter der er aber auch nachts die Sterne hatte klingen hören und tags die goldene Kawalkade der begüterten Sommer- und Blumenvölker hatte vorüberziehen sehen. Der Liebende. Der heute zum erstenmal nicht mehr Liebende.

Und nun war der Boulevard Saint-Michel, war ganz Paris matt und wunderlos, wie die Pappekulissen in den Filmateliers, wenn die tausendvoltigen violetten Platinlampen ausgelöscht sind und die berühmte, parfümierte, nervös lachende Diva nach Hause gefahren ist.

Er sah sich noch einmal im Spiegel, und wandte schnell den Kopf weg. Häßlich waren ja seine Züge, allgemein, uninteressant. Er liebte nicht mehr. Nun war er ein Mensch wie alle Menschen. Ohne jegliches Privileg. Nichts, das ihn über das Mittelmaß erhob. Wie hatte er sich das nur einbilden können!

Paris? Menschen hier wie überall, die arbeiten, um essen zu können, essen, um arbeiten zu können. Ein wenig mehr Kinoglanz um die Abende, ein wenig mehr Schminke um den Mund der Frauen, aber sonst: die gleiche Einsamkeit wie überall. Was konnte er hier noch suchen? Ein Erlebnis? Wohl mit einer ausgeleierten Großfürstin in einem Hotel Meublé? Eine Philosophie? Er hatte die Menschengüte gepredigt, dann den Zynismus entdeckt und durchschaut, und es blieb nun nichts anderes übrig, als einfach sich zu ergeben, und möglichst angenehm zu essen, zu schlafen und zu sterben.

Mit diesen Russen, mit dem östlichen Imponderabel war wahrscheinlich für den Gedankenmenschen, der er war, nichts anzufangen. Schon wieder überkam ihn dabei die Manie, zu klassifizieren. Viele Menschen ohne starkes psychologisches Fundament kleistern sich eine Menschenkenntnis zusammen, indem sie den verschiedenen Nationen allgemeine Wesenszüge aufkleben, wie z.B. der Grieche ist falsch, der Algerier ist lügnerisch, etc. So arbeitete er wieder eine Tabelle aus: der Osteuropäer ist Sinnenmensch, der Mitteleuropäer Gedankenmensch, der Westler Vernunftmensch. Ewersejeff, Edgar. Ewersejeff, Edgar. Und er. Das vergleichende Karussell ging in seinem Kopf herum. Die andern haben gesiegt, warum nicht er? Gesiegt? Was heißt da Sieg?

Langsam, und die Augen nur noch nach innen gerichtet, war Edmund wie ein Traumwandler zum Châtelet-Platz hinuntergewandert. Er stieß einen gequälten Schrei aus, als wäre ihm jemand auf den Fuß getreten, und hatte doch nur Seelenweh. Ein alter Mann, der gerade vorüberkam, drehte sich nicht einmal um. Der Platz liegt zwischen zwei Theatern, dem Châtelet, in dem die großen bürgerlichen Epopöen für Metzgerinnen und Versicherungsagenten aufgeführt werden, und dem Théâtre Sarah-Bernhardt, in welchem der goldene Schatten der großen Tragödin noch lebt: man geht hinein, weil sie auf jenen morschen Brettern stand und dort in der verlotterten Loge litt, ohne zu wissen, was heute für ein Titel auf dem Zettel steht.

Die Menschen standen Schlange, um hineinzukommen. Sie bildeten vor den Eingängen zwei große, sehr dekorative Schnörkel. Die großen Affichen waren äußerst primitiv gemalt, vielleicht absichtlich, um dem Pariser Bürger die heimelige Illusion der Tradition zu lassen.

Die Theater waren von Wachen der Garde Républicaine im Goldhelm mit schwarzen Roßhaarwedeln behütet, was dem Abenteuer des Theaterbesuchs eine romantische Note mehr verlieh. Der Programmverkäufer

verkündete mit wilder Energie, daß er das einzig offizielle Programm zu vergeben habe. Das Wort „offiziell" war höchst imposant und einschüchternd.
Edmund ging aber nicht hinein. Ein Taxi hielt vor ihm: er rief dem Chauffeur die Adresse des Bœuf sur le Toit zu. Welche andere sonst? Sonst hatte Paris ihm nichts zu bieten.
Er hatte Pech. Die Bar war vollkommen leer. Sogar der Barman war abwesend. Um halb neun Uhr abends: was für eine Idee, in die Bar zu gehen. Edmund sah sich um. Wie klein der Raum, kellerhaft, ja eine Bar, bar aller Illusion, wo gestern der Barbar der Neuzeit nackt zu den Negerrhythmen tanzte. In diesem Raum, der in einer bürgerlichen Wohnung für ein Speisezimmer als viel zu klein gegolten hätte, konnten sich mitternachts hundert, zweihundert, dreihundert Menschen drängen, schieben, tanzen und berühren. Traurig erschien ihm jetzt das Dekor, wie eine verlassene Bühne nach der Vorstellung, und alles war nur Schein und Lüge, der Weltschmerz Hamlets wie Julias Liebe. Cocherels eleganter Zynismus und Edgars ehrliche Unehrlichkeit, nur scheinbare, schnell verwelkte Fahnen dieses Jahrzehnts. Hier ein „Zweck des Lebens"? Keine Werte, kein Trost, nirgends, weder in der Güte noch in der Schlechtigkeit, weder in den ruhigen Familien noch bei den Verbrechern der Vorstadt.
Für einen Menschen wie Edmund, der nur vom Gedanken, oder wie er sich anfangs ausgedrückt hatte, vom Ideal lebte, war das eine tragische Erkenntnis. Denn das eine war sicher, unendlich sicher: alle Ideale waren ihm einzeln, eins nach dem andern, abgewürgt worden, und sein letztes — Lola — hatte er sich selbst aus der Seele herausgeschnitten.

Ein altmodischer Mensch in dieser bizarren Stadt, die Mittelalter und Amerikanismus zart in ihren Gobelins verarbeitet.
Aus dem Hinterstübchen kam die Bardame hervorgehuscht, die gestern aus goldenem Haar und silbernem Nymphenkleid bestand, jetzt ungeschminkt, unfrisiert, mit einer Serviette um den Hals und einem braunen Kotelettknochen in der Hand: sie erkannte Edmund und lud ihn, ohne sich zu genieren, zum familiären Abendmahl ein. Er aber entschuldigte sich vage, sagte er habe nur seinen Bruder gesucht, und verschwand, schamhaft, als sei er in seiner Intimität ertappt worden, und nicht sie!
Er floh. Er stand einsam wie ein Hund auf dem Boulevard de la Madeleine. Zu dieser Stunde sind die Straßen trostlos leer. Die Menschen haben sich alle in die verschiedenen Paradiese geflüchtet, die einen ins schwarzweiße der Films, andere ins bunte des Alkohols, und die meisten ins schneeweiße eines Bettes. Wehe denen, die um diese Abendstunde den Anschluß nicht gefunden. Sie sind elender als die Obdachlosen, die sich unter den zugigen Brücken der Seine schlafen legen, auf einem Sack mit Sand oder einem eben ausgeladenen Vogesensteinquader. Denn diese haben für ihre ungeheure Einsamkeit eine tatsächliche Armut als Entschuldigung vor sich selber: aber ein Mann wie Edmund ist einsam in der Seele!
Weil er die letzten sechs Abende im Bœuf gepraßt und übrigens nun scheinbar zur Cocherelbande gehörte, hatte ihn die Bardame eingeladen, mit den Kellnern und Portiers zu speisen und zu warten, bis die Stunde des alles verwischenden Jazz gekommen wäre. So war er heruntergekommen! Er hatte niemand in Paris, niemand

auf der Welt. Mechanisch war er in die Bar gefahren, gedankenlos hatte er nach seinem Bruder gefragt, aber wozu? Er wußte, daß dieser ihm schnippisch nur hinwerfen würde:
„Eh bien! Und deine Ideale?“
Wovon lebt denn die Menschheit? Immer nur von der Hand in den Mund? Nicht immer. Aber diese Epoche war eine der gräßlichsten in der Weltgeschichte. Die ungeheure Blutüberschwemmung des Weltkrieges hatte sämtliche Wege des Geistes, Landstraßen der Kultur, Kanäle der seelischen Vertiefung verwischt und zerstört. Ein Ödland der Seele war Europa. Jeglicher Glaube war verloren: der Glaube an einen Gott, der Glaube an die Liebe, und selbst der Glaube an die Erde. Womit, wovon, wofür lebten die Menschen? Viele seiner Zeitgenossen meinten, es sei eine sehr große Zeit‘, eine der größten, da in der geringen Zeitspanne von dreißig Jahren mehr „Wunder“ geschehen waren, als in den vorhergehenden dreitausend Jahren.
Ja, nur das Wunder des Lazarus, das hatten sie nicht mehr!
Das Ideal!
Als er gerade den Boulevard verlassen wollte, sah er am Untergrundbahneingang einen jungen Mann in Livree mit einer ältlichen Frau stehen, die ihn mit ihren mageren Armen fest umschlang und ihm einen langen, langen Kuß gab. Solche Szenen sieht man meistens nur in großen Häfen, wenn die Überseedampfer schon rauchen. Die Frau hielt ein Körbchen im Arm: sie mochte wohl von ihrem Sohn, der in einem großen Hotel der City beschäftigt war, einige Küchenreste bekommen haben und fuhr jetzt in die Dunkelkammer irgend eines in der Vorstadt zerfallenden Lattenhauses zurück. Aber

als sie sich endlich getrennt hatten, und die Mutter schon mit tränenverhüllten Augen die Treppe hinuntertorkelte, rief ihr der Liftboy mit ausgestreckten Armen noch einmal nach:

„Maman!“

Wie ein Kristallglas schwang und und klang Edmunds Herz.

Das Volk, das Volk, das hatte noch seine Ideale!

Er dachte an seine Mutter, die rothaarige, die ungealterte stille Frau, die er seit jenem ersten Abend nicht wiedergesehen hatte, warum hatte er sie nicht wiedergesehen? Er wagte sich den Grund nicht einzugestehen, denn es war viel Feigheit dabei und Mutwille. Schließlich hatte er wohl auch erwartet, daß sie ihn wieder einmal zu sich einladen würde. Es fiel ihm jedoch nicht ein, daß er allen Regeln der Courtoisie (von denen der Kindesliebe nicht zu sprechen) zuwider sich nicht mehr von selbst bei ihr gemeldet hatte, und daß das ein nicht wieder gut zu machender Fehler gewesen war. Aber die triftigste Ausrede vor sich selber war wiederum die vollkommene Inanspruchnahme seines Wesens durch Lola. Jetzt entschloß er sich, einfach vorzusprechen.

Ach eine Mutter zu haben, eine Schulter, weich und warm, an die man den Kopf legen kann, und die keinerlei Erklärung verlangt: schluchzen, nur schluchzen, und die Augen zudrücken, den Mund zudrücken, das Herz zudrücken — bis endlich alles unter dem elektrischen Kontakt leiser Finger über dem Haar sich auftut, der Mund zum Schrei, das Auge zu Tränen, das Herz zum Bekenntnis! Mutter! Mama! Erde! Fleisch! Einfachheit! Seele ohne Worte! Verständnis ohne Ideal!

Er läutete. Das Glockensignal brachte große Unruhe ins Haus. Der Diener kam auf den Zehenspitzen bis zur

Tür, und ging unschlüssig wieder weg, ohne aufgemacht zu haben. Zu solcher Stunde ein ungemeldeter Besuch: das war seit zehn Jahren nicht vorgekommen. Wie konnte auch nur die Concierge unten den Eindringling so ohne weiteres durchgelassen haben! Edmund läutete ein zweites Mal. Es kam drinnen zu einer Beratung zwischen dem Diener und der Kammerzofe. Schließlich ging ein dünner Spalt auf. Edmund beeilte sich hineinzuflüstern:
„Sagen Sie Madame, daß ihr Sohn draußen steht!"
Der Spalt schloß sich wieder, und erst nach drei weiteren Minuten erhielt Edmund Einlaß.
Madame de Tizac saß an einem zierlichen, apfelgrünen Empiretisch und spielte Bridge. Ihre Partner waren der bereits bekannte Monsieur de Saintes, Madame Lévèque, dessen Nichte, die etwa dreißigjährige und wenig betrübte Witwe eines Flugzeugfabrikanten, und der Sekretär eines Unterstaatssekretärs, M. de la Mazière. Obwohl Edmund gemeldet worden war, schienen alle in das Spiel noch ganz vertieft, und erst, als er einige Schritte dem Tisch zu gemacht hatte, sprang Madame de Tizac auf und hielt ihm die Hand hin, auf die er den erwarteten Handkuß nicht drückte:
„Da sind Sie, böser Ausreißer! Was? Sich wochenlang bei seiner Mama nicht zu melden! Gott sei Dank konnte mir Edgar über Ihre Gesundheit sichere Auskünfte geben!"
„Ich, ich war sehr unglücklich..." wollte Edmund an ihre Backe flüstern, aber das letzte Wort kam nicht aus der Gurgel heraus.
„Paris! Paris ist unsere große, größere Allmutter!" sagte Herr de Saintes, während er die Karten mischte. „Man verliert die Adressen, man verwechselt die Straßen, man

vegißt das Normalmaß der Stunden und Tage... Wenn ich ein Romancier wäre, würde ich meinen Helden die größten Unwahrscheinlichkeiten erleben lassen, denn das Unwahrscheinliche, müssen Sie wissen, ist die Speise des Alltags — ich würde ihn in ein unbekanntes Haus treten lassen, im vierten Stock läuten, dort mit dem öffnenden alten Mann Bekanntschaft machen, dessen Tochter am nächsten Tag zur Braut nehmen, dann mit dem Untermieter im dritten Stock ein Schirmgeschäft begründen lassen und so weiter, und so weiter. Heute hat kein Dichter mehr Phantasie. Sie verlassen sich alle auf die sogenannte Realität, die die größte Lüge unserer Logik ist!"

De Saintes hatte eine gütige und alles mildernde Artigkeit, wie ein fürsorglicher Familienvater: er war aber nur der Geliebte der Madame de Tizac.

Herr de la Mazière war einmal, nach einer Aufführung des Rosenkavaliers in der Oper, eine halbe Stunde lang im Bœuf gewesen und erinnerte sich, Edmund in der Reihe der tobenden Jeunesse dorée bemerkt zu haben. Diese Tatsache bewog Madame Lévèque, einen Moment lang ihre blauen, schwarzumrahmten Augen auf der hageren Gestalt Edmunds ruhen zu lassen, und sich zu fragen: „Hat er versteckte Leidenschaften? Sein Mund ist nicht sinnlich. Vielleicht weiß er eine Adresse, wo man sich Opium verschafft. Aber seine Antworten sind wirklich banal." Und ihre blauen, schwarzumrahmten Augen, die noch Trauer trugen, fielen wieder auf den Kartenfächer, den sie mühsam mit dem linken Daumen zusammenhielt.

Edmund war auch wirklich heute weniger denn je fähig, die leere, plätschernde Unterhaltung zu führen, die sich in den Salons gehört. Um so weniger, als sich das ganze Hauptinteresse um ihn drehte, und er in vollkommener Geistesform hätte sein müssen, um dem Maschinengewehrfeuer dieser vier überkultivierten und überziselierten Gesellschaftsmenschen standzuhalten, die, in ihrem Spiel gestört, entweder durch ein geistreich kitzelndes Scharmützel entschädigt werden, oder aber ruhig zu ihrem Spiel zurückfinden wollten. Eine gewisse Nervosität durchzitterte bald den Salon, die ihren Gipfelpunkt erreichte, als Madame de Tizac ihren Sohn fragte:

„Wollen Sie ein Glas Orangeade?"

Sie brannten alle, weiterspielen zu können.

Aber Edmund brannte, ihnen die Qual zuzuschreien, die ihn würgte, seiner Mutter um den Hals zu fallen, die doch so milde aussah, so still, so lächelnd: die Wangen rund und zartgerötet wie kleine afrikanische Äpfel, die Augen feuchtstrahlend und honigbraun, und das Haar, so jugendlich gewellt und keck. Er hatte nie eine Mutter gehabt, und diese, sie schien die schönste von allen. Warum hatte sie ihn nie eine Stunde allein zu sich gerufen, warum war er nie zu ihr geschlichen und hatte ihr gebeichtet, was er litt! Jetzt war es zu spät, zu spät. Die Dinge, die in dieser Minute aufschwollen und seine geschnürte Kehle bedrängten, sie steigen nur einmal aus dem Innersten, Unbekanntesten, Allerheiligsten des menschliches Leibes empor, einmal, wie die königlichen Blüten gewisser Südpflanzen, und dann nie wieder, nie wieder. Und Madame de Tizaz erbot sich nicht, sie zu hören, sie an sich zu nehmen, wie man die Wertgegenstände jemandes annimmt, der eine große Reise vorhat und diese schwerste Last in einem sicheren Hause deponiert. Das Herz dieser Mutter war, ach, kein sicheres Heim. Edmund wurde in ihrem eigenen Salon ärger behandelt als ein Fremder. De Saintes schien das zu spüren, und mit dem seltsamen Gefühl der Verantwortung, die der Mann, jeder Mann an der Seite einer Mutter hat, versuchte er, die schon langsam aus den Fugen gehende Brücke zwischen ihr und dem Sohn zu reparieren. Er warf die Karten hin und sagte, er habe keine Lust mehr zu spielen: Edmunds Erscheinen sei heute Abend geradezu ein Labsal für ihn, und er freue sich, Neues von ihm und von der neuen Jugend von heute zu erfahren.

Alle Partner waren verblüfft.

De Saintes war aufgestanden, hatte sich neben Edmund gestellt und klopfte ihm auf die Schulter:

„Übrigens wissen Sie, lieber Freund, ich habe über unsere letzte Unterredung viel nachgedacht. Ihre politische Theorie ist gar nicht so ohne. Die Völker brauchen genau wie die Individuen, Verjüngungskuren. Wir, wir haben hier die Arteriosklerose. Dafür gehen wir ja auch nach Vichy und zu Voltaire. Die täuschen uns aber nur über die Altersgrenze hinweg. Im Grunde ist es wichtig, rostiges Eisen einzuschmelzen. Letzten Endes habt ihr Bolschewiki vollkommen recht." Herr de la Mazière sah Frau Lévèque groß an. Diese verkniff kaum das Lachen.

„Ihr Bolschewiki?"

Kein Wort in der Welt hätte in diesem Augenblick Edmund mehr beleidigen können, und niemand hier konnte verstehen warum. Jetzt, jetzt erst erkannte er die grenzenlose, nicht mehr gutzumachende Einsamkeit, die ihn umgab. Mißverstanden, unverstanden immer und überall. Hier verhöhnt als Bolschewik, und vor wenigen Stunden vom Bolschewiken Ewersejeff verhöhnt als dieses Namens auf ewig unwürdig.

Er spürte das ätzende Gift unter der Höflichkeit des alten Herrn, obwohl dieser im Augenblick gar nichts anderes beabsichtigt hatte, als Edmund auf ein objektiv politisches Terrain hinüberzulotsen, wo er die Segel ein wenig hätte ausbreiten und in der Gesellschaft leidlich lavieren können. Dieser Versuch mißlang leider. Kein Mensch im Salon verstand den Ton und den Sinn dieser Replik Edmunds:
„Ich bin kein Bolschewik!"
Ja, was denn, in Gottes Namen? Nicht salonfähig (weil nicht fade genug), nicht barfähig (weil nicht unehrlich genug) und dennoch nicht revolutionsfähig?
Jetzt vollends verlor er allen Glanz und alles Interesse in den Augen der Anwesenden. Als radikalem Gesinnungsmenschen verzieh man ihm die geschmacklose, rotviolett gehäkelte Krawatte und die schlechtgepflegten Fingernägel. Aber ohne die Aureole des Nihilismus (dies veraltete Wort hatte in Salons noch Tauschwert) es wagen, mit ungeschorenem Nackenhaar vor die Vertreter der Elite zu treten und den Anspruch erheben, von diesen geliebt und gar geherzt zu werden, das grenzte an Naivität oder Wahnsinn.
Die Mutter schämte sich ihres Sohnes. Sie hatte ihn das erste Mal mild und gütig bemängelnd auf sein Äußeres hingewiesen. Mehrere Wochen Pariser Aufenthalt und ein ganz klein wenig Verständnis für Zivilisation hätten ihn belehren müssen. So aber war alles umsonst. Sie war traurig, sehr traurig.
Aber eine Traurigkeit war es, die Edmund haßte und verachtete. Er, der anfangs hier hätte knien und die Schuhspitzen der edlen Mutter hätte küssen wollen, reckte sich nun stolz zurück. Es hatte gar keinen Zweck, vor diesen Menschen sich in umgekehrter Weise zu er-

niedrigen, wie am Nachmittag im Hotel des Grands Hommes, und ihnen zuzuschreien, wer er war, was er fühlte, wie er litt.
Er nahm plötzlich steif Abschied, und seine Mutter, die ihn durch den langen Gang bis zur Flurtür begleiten wollte, bat er ironisch, sich nicht zu bemühen und sich ja nicht zu erkälten.

18. Kapitel

Wie ein Verbrecher schlich sich Edmund die knarrende Treppe des Hotels des Grands Hommes hinauf. Um keinen Preis wollte er mehr jemand Bekannten treffen. In zwanzig Minuten war sein Koffer gepackt. Darunter keine einzige Erinnerung an seine Pariser Erlebnisse dabei, keine Photographie, kein Theaterprogramm.

Er riß das Fenster auf. Noch einmal das Panorama in sich aufnehmen, das ihm so oft als die ideale Landschaft seines Lebens gegolten hatte. Jeder Mensch hat eine solche. Für viele ist es der Elterngarten, oder der Hügel über der Vaterstadt, wo hinter Rosenhecken und im Gesumm der Ligusterfalter die erste Zigarette oder der erste Kuß genossen wurden, für andere ist es ein Zimmer, in dem von einem alten Lehrer Visionen des alten Ägypten auf die Tapete projiziert wurden, für Proust war es die Kirche von Combray, für Edmund war es dies: im grellen Mondlicht, wie aus hellgelber Pappe geschnitten, der beleuchtete Teil des Pantheons, und weiter, wie abbröckelnd, die schiefe Front der Bibliothèque Ste. Geneviéve, und der fast umfallende Turm der alten Kirche daneben: halluzinatorisch grell, phantastisch real wie ein Bild von Chirico.

Der Platz unten war vollkommen still. Provinzhaft still. Man hörte den Wind schleichen. Man hörte schon einen Hahn irgendwo krähen. Zwei Studenten kamen jetzt über den Platz: sie sprachen nicht allzulaut, und doch verstand man aus ihrem Gespräch die Namen Pascal und Descartes. Und wieder schien sich die Kuppel des Pantheons zu drehen, wie ein Karussell, auf dem die Grabsteine der „unsterblichen Männer“ die Pferdchen ersetzten.

Darauf schloß Edmund das Fenster schnell, nahm seinen Koffer und schlich wieder die Treppe hinunter, verhandelte leise und hastig mit Madame Topaze, die er geweckt hatte (er hatte fünfzehnmal läuten müssen ehe diese, ganz erschrocken, in Nachtjacke und Pantoffeln angeschlürft kam) und zahlte ihr einen weiten Überschuß, um ja nicht lange aufgehalten zu werden. Ein Telegramm riefe ihn sofort ins Ausland zurück.

Draußen war es angenehm kühl. Er nahm einen Wagen bis zur Gare de l' Est und hatte sich vorgenommen, in den ersten abfahrenden Zug zu steigen und sich so vom Schicksal den Weg in die weitere Zukunft weisen zu lassen: es konnte ihn nach Riga, nach Bukarest oder nach Sils Maria führen. Es war aber schon kurz nach Mitternacht, und vor fünf Uhr fuhr kein bedeutender Expreß mehr ab.

So ward er wieder, wie in der Nacht seiner Ankunft, aus den grauen, ungastlichen Bahnhofshallen auf den schwarzen, traurigen Vorhof verstoßen, und in demselben Café wie damals bestellte er dasselbe bittere Getränk.

Die Tische waren leer. Nur in der äußersten Ecke, am Fenster, saß eine einsame Frau, beinahe ungeschminkt, mit in der Mitte gescheiteltem Haar, genau wie Lola, ganz schwarz. Sie war ziemlich stark gebaut, hatte aber so viel Schmerz in den Zügen, daß sie eher zart und zerbrechlich anmutete. Handtasche, Handschuhe, Hut lagen neben ihr auf der Bank. War sie eine Reisende, war sie eine Professionelle?

Der geübteste Männerblick hätte es nicht entscheiden können.

Edmund, der soeben in den ersten besten Expreß einsteigen wollte, fand jetzt auch den Mut, in das erste beste Menschenschicksal einzusteigen.

Er hatte die Inspiration, die nur die Dichter im Augenblick des Schaffens und die sehr Gedemütigten in der Nähe des Todes haben, und sagte zu ihr, indem er sich ihr schräg gegenüber setzte:

„Sie haben einen unwürdigen Geliebten verlassen, denn man muß groß sein, um Ihrer würdig zu werden. Sie haben die Wahrheit für die Liebe geopfert. Sie sind in die weite, enge Welt hinausgelaufen, mit nichts als Ihren brennenden Augen und Ihren wogenden Haaren, um die undurchsichtige Nacht zu beleuchten. Wir stehen beide am Ende und am Beginn. Jede Stunde ist Ende und Beginn. Aber die meisten der Menschen wagen nicht, aus ihrem Kreis herauszutreten. Welchen Weg nehmen Sie um fünf?"

Die Unbekannte lächelte und sagte mit einem fremden Akzent:

„Nach Cythera, Monsieur!"

„In welchem Lande liegt dein Cythera? Bist du Rumänin, aus einem Dorf der Räuber? Bist du Brasilianerin, die Tochter eines Kaffeekönigs? Bist du Türkin, des Schleiers noch kaum entwöhnt? Ich kenne dich. Ich kenne dich. Du hast eine warme, braune Schulter, im Schatten kühlen Zypressenhaars. Laß mich den wehen Kopf daran lehnen, und Quellen der Heimat rauschen hören. Fremde Frau, sei Mutter dem müden Wanderer. Willst du?"

Sie willigte ein. Sie gingen zusammen in eines der zehntausend kleinen Hotels von Paris, wo unten ein enges

Büro steht, mit einer Katze, einer pappenen Palme und dem schwarzen Brett mit den silbernen Schlüsseln, die alle zu einer Kammer des Glückes führen. Der rote Treppenteppich war arg zerfranst, geheiligt von den Füßen all derer, die hoffend und bebend ein steiles Paradies erstiegen hatten. Das Zimmerchen war nackt wie die Klausen der Nonnen, damit an den Wänden Platz sei für die Fatamorganen der Nacht. Und wer weiß, einmal konnte sich eine Wand auftun und den echten Himmel und die Sterne hereinlassen!

Das Wunder erfüllte sich. Maria liebte ihn. Sie wurde ihm Mutter, Geliebte und Kind. Sie schenkte ihm ihr schwarzes Haar und ihre weißen Arme. Er weinte vor Glück, zum erstenmal in seinem Leben. Die Morgenzüge fuhren ab nach Riga, Bukarest und Sils Maria, ohne Edmund. Er blieb in Paris, heiratete und fand eine anständige Stellung als Redakteur an einem Abendblatt. Lola, Edgar und Madame de Tizac erfuhren nie wieder etwas von ihm, denn sein Pseudonym war gut gewählt, und Paris ist eine Wüste.

Nachwort

„Einen Roman zu schreiben, von französischer Form und deutschem Gehalt", war das Ziel, das Yvan Goll sich für seine Romane vorgenommen hatte. Als der zweisprachig aufgewachsene Elsässer dies 1929 in einem in der „Literarischen Welt" erschienenen Interview zum Ausdruck bringt, hatte er nach einer krisenhaften aber produktiven Phase der Selbstverständigung den Großteil seiner Romane und Erzählungen, darunter auch den *Mitropäer*, schon geschrieben. Goll stand am Ende eines Weges, der ihn von der heroischen Zeit des Expressionismus über den Surrealismus in eine undeutliche Gegenwart, vom formlosen Ausdruck zu einem artistischen Stilwillen und vom sozialutopischen Engagement in die große Ernüchterung geführt hatte. Das bis heute übersehene Romanwerk Yvan Golls begleitet diesen Weg, es reflektiert diese Zeit des Umbruchs, aus der es hervorgeht und bietet einen intimen Einblick in diese Epoche des Scheiterns der europäischen Avantgarde.

Am Anfang des Weges scheint es so, als könne das Ende des Expressionismus noch ersetzt werden durch neue Programme und Ismen. Goll war 1919 aus dem Schweizer Exil nach Paris gekommen und hier unter den Einfluß französischer Vorbilder (G.Apollinaire, Max Jacob) geraten. Von hier aus beobachtet er die Entwicklung in Deutschland, an die er zunächst noch gebunden bleibt. 1921 liest man unter dem Titel *Das Wort an sich* in der „Neuen Rundschau": „Expressionismus, Lunapark aus Pappe und Stuck, mit all den Illusionspalästen und Menschenmenagerien, wird abgebaut. Der Karusselbesitzer zählt die Kassa. Der Revolutionsmann hängt sich hinterm Ladenzaun auf ... Expressionismus ist ein verkrachter Kriegsschieber: es wurden zuviel Sterne produziert für den Frieden. Die Warenhäuser machen die Bestellung rückgängig. Pathos ist um 80%, Bruderliebe um 130% gesunken ... Was nun? Was fehlte dem

Expressionismus? Form! ... Steil müßte unsere Sprache sein: steil, schmal, steinern wie ein Obelisk. Steil wie die Strahlen der Mittagssonne. Hart. Nackt." (Die neue Rundschau 32, 1921, H. 10).

Goll, der 1912 sein erstes expressionistisches Gedicht *Der Panamakanal* veröffentlicht und in der Schweiz mit sozialutopischem Sendungsbewußtsein an der pazifistischen Literaturbewegung um Romain Rolland teilgenommen hatte, redet nun von einem strengen „steilen" Stil, der ein neues Empfinden zum Ausdruck bringen soll. Statt „Pathos" und „Bruderliebe" werden nun „Härte" und „Nacktheit" von der Sprache gefordert. Noch wird es nicht ganz deutlich, aber Goll ist auf dem Weg, der ihn vom Engagement in die soziale Askese führt.

Acht Jahre später - Goll hatte mittlerweile in seiner Lyrik zu einem eigenen formbewußten Ausdruck gefunden und war durch die mit seiner Frau verfaßten Liebesgedichte in Paris berühmt geworden - äußert er ein Unbehagen an der strengen Form. In dem eingangs erwähnten Interview der „Literarischen Welt" entschuldigt er sich gleichsam für die Sprachform seiner Romane, sie seien „französisch konzipiert" und wirkten daher „ruhig, geradlinig, fast monokord", für deutsche Ohren könne dies „zu eng geraten" sein: „Ein Deutscher oder ein Russe sieht im Roman etwas ganz anderes als die Form, ihn treibt es, soziale oder geschichtliche oder sonstwelche Probleme zu entwickeln, breit zu erzählen und sehr zu zeigen, was er alles weiß" (Die Literarische Welt, Jg.5, Nr.5 1929).

Goll spürt, daß die Entwicklung ihn in den luftleeren Raum drängt. Was als die seltsam anmutende Verbindung von „französischer Form" und „deutscher Weltspannung" ihm ein Unbehagen bereitet, zeichnet nicht nur Golls privaten Weg nach, der sich nach der mißlungenen Novemberrevolution von der deutschen Sprache mehr und mehr abwendet, es ist auch Ausdruck des auf seiner Parallelbahn zur Gesellschaft in die Enge getriebenen Artisten. „Epische Breite" stand für Goll, dessen eigentliche Domäne die Lyrik mit ihrem geschärften Formbewußtsein war, sowieso nicht zur Diskussion.

Daß Golls Romane weder in die Landschaft der deutschen noch der französischen Erzählung dieser Zeit hineinpassen, mag dazu beigetragen haben, daß sie bis heute fast so gut wie unbekannt geblieben sind. Über ihre genaue Entstehung ist so gut wie kein Material zugänglich, aber sie erscheinen alle in einem eng begrenzten Zeitraum und sind von sehr persönlichen Erfahrungen geprägt: 1927 werden *Le Microbe d' Or* (Der Goldbazillus), eine satirische Abrechnung mit seinem Elternhaus, und *Die Eurokokke* (Lucifer Vieillisant), ein nihilistisches Bekenntnis veröffentlicht; 1928 folgt *Der Mitropäer* (A bas l' Europe); 1929 erscheinen *Sodome et Berlin* (Sodom Berlin), eine allegorische Groteske auf das expressionistische Nachkriegsberlin und *Agnus Dei*, 1930 als letztes schließlich die Erzählung *Gala*. Alle diese Romane führen das satirische Moment in Golls Dichtung, das während der ersten Hälfte der zwanziger Jahre in seinen Dramen angesiedelt war, fort und treten an die Stelle der früher so selbstgewiß verfaßten Pamphlete und Programme. Sie reflektieren die Epoche ihrer Entstehung und tanzen mit satirischer Leichtfüßigkeit und brillantem Witz über den jederzeit drohenden Abgrund nihilistischer Verzweiflung hinweg.
Der Gefahr des Nihilismus ist auch Edmund, der Held des *Mitropäers* ausgeliefert. Thema des gleichzeitig in Paris in der Editions Emile-Paul und im Baseler Rhein-Verlag erschienenen Romans ist geradezu der Prozeß der Desillusion, den die expressionistische Generation hat hinter sich bringen müssen. Schaut man sich Edmund genauer an, so ist es vor allem Goll selbst, der sich hinter dem satirisch verzeichneten Mitropäer verbirgt. Dies wird bis in die Vorgeschichte des Helden exerziert. Wie Goll, der als Elsässer die Schizophrenie erleben mußte, daß in seinem Elternhaus nie Deutsch und in der Schule nie Französisch gesprochen werden durfte, hat Edmund „nie gewußt, welcher Nationalität er angehörte... Er war auf wogendem Meer geboren, zwischen den Kontinenten" (S.22). Wie er hatte Edmund Jura studiert und schließlich sein „über dem Getümmel schwebendes Herz" (S.22) entdeckt und sich dem Pazifistenzirkel um Romain Rolland angeschlossen. Er bereist in der

Schweiz die gleichen Schauplätze, er verkehrt mit denselben Literaten und gerät bei Kriegsende, als endlich wahrzuwerden schien, was er sich solange erhofft hatte, in die Krise und - die Liste der Parallelisierung ließe sich endlos fortsetzen - reist nach Paris.

Goll rechnet böse ab mit sich selbst, seiner expressionistischen Vergangenheit und darüberhinaus mit dem, was er in Edmund als das „Deutsche" exemplifizieren und von sich weisen kann: die Unfähigkeit zur Tat, der träge Idealismus, überhaupt das Wolkenkuckucksheim ewiger Theoretisierei, die verstockte Plumpheit im Weltumgang und die Unfähigkeit zu erotischer Liebe, all das schienen ihm die Ereignisse der in sich zusammensackenden Novemberrevolution und der weitere Verlauf der Dinge bestätigt zu haben. Das ist gewiß von grobem Holz, doch im Rahmen einer satirischen Typisierung legitim. Aber Goll bleibt mit seiner Abrechnung nicht beim Deutschen und seiner expressionistischen Vergangenheit stehen, vielmehr zieht er in seine Kritik alles hinein, worin er die geistigen und künstlerischen Strömungen seiner Zeit repräsentiert sah.

In der heroischen Zeit des Expressionismus hatte Goll für die Kunst das Postulat der „sozialen Liebestätigkeit" aufgestellt: „Kunst ist Liebe. Liebe erheischt Gegenliebe, ist eine bilaterale Angelegenheit. Kunst wird heute zur sozialen Liebestätigkeit. Darum Künstler tritt ins Volk und zeige ihm dein großes Herz. Deine Rufe an den Menschen, deine Volksreden, werden Gedichte sein ... Der Ich-Lyriker lügt, der sich von der Menschheit abtrennt und seinen imaginären Schmerz mit Rosenöl beträuft." *(Appell an die Kunst,* in: Die Aktion, 7, 1917, Nr. 45/46) Dieses Motiv zieht sich durch das ganze Werk Golls und rückt im *Mitropäer* in das konstruktive Zentrum der Satire auf. 1918 hatte es angesichts der Enttäuschung schon in dem Gedicht *Der Neue Orpheus* einen für Golls weiteres Werk entscheidenden neuen Zug bekommen: „Eurydike: die unerlöste Menschheit! / Und Orpheus sieht sich um / Er sieht sich um - und will sie schon umarmen / Zum letzten Mal aus ihrem Orkus holen: / Er streckt die Hand / Er hebt die Stimme / Umsonst! Die Menge hört ihn schon nicht mehr / Sie drängt zur Unterwelt, zum Alltag und zum Leid zurück! / Orpheus allein im Wartesaal / Schießt sich das Herz entzwei!" Wie hier im *Neuen Orpheus* wird noch im *Mitropäer* das Verhältnis von erlösender Kunst und erlösungsbedürftigem Leben im Bild der Liebe gefaßt. Nun aber im Rückblick und in satirischer Verzerrung. Die Liebe tritt als Prüfstein für den Verfall und das Ende der europäischen Kultur auf. Um Lola gruppieren sich in einem Prozeß des erfolglosen Werbens Edmund, sein französischer Halbbruder Edgar und der Russe Ewersejeff. Sie alle aber sind zur Liebe nicht fähig und Lola ihrer nicht wirklich bedürftig. Die pessimistische Formel, in der dies zusammenkommt, heißt Langeweile und Zerstreuung, Verzweiflung und Exzeß. Goll entwirft ein faszinierendes und erschreckendes Bild abgestorbenen Lebens, als dessen mythischer Ort das Paris der zwanziger Jahre erscheint.

Auch wenn diese Konfiguration, die den Geisteszustand Europas zwischen den Kriegen auf drei Grundströmungen reduziert, einen unendlich komplexen Sachverhalt sehr vereinfacht - Goll gelingt es doch in glänzender Weise auf kleine Details sein satirisches Licht zu werfen. So verbirgt sich nach der Auskunft von Klaus Mann, der Yvan Goll 1929 in Paris besucht hatte, hinter dem Snobisten Cocherel der damals legendenumwobene Jean Cocteau (Klaus Mann, Auf der Suche nach einem Weg, Berlin 1931, S. 333). Bis in persönliche Einzelheiten und den Genuß türkischer Zigaretten hat Goll ihn und sein Cabaret „Bœuf sur le Toit" karikiert, das hier als Mikrokosmos kultivierter Langeweile und Ort geschmeidiger Zynismen wiederkehrt. Ob es sich aber um die legendären Vegetarierrestaurants der Schweizer Emigration oder die Pariser Avantgardistenszene handelt, hier hat ein intimer Kenner mit beißendem Witz ein treffendes Bild gezeichnet. Vielleicht ist es tatsächlich Golls Roman *Der Mitropäer,* der am meißten seiner Absicht, einen Roman von „französischer Form" und „deutschem Gehalt" zu schreiben, entspricht.

Thomas Spring

Claire und Yvan Goll, Berlin 1927

Claire und Yvan Goll bei ARGON

„Nur das ist schlimm, wenn es nicht einen einzigen Menschen gibt in der großen Stadt, den man anrufen könnte, und wenn du kilometerlange Boulevards entlanggehen und dich an tausend Terrassen setzen kannst, ohne daß sich eine Hand dir entgegenhebt." Yvan an Claire Goll

Claire Goll: Der Neger Jupiter raubt Europa

Roman
152 Seiten, Leinen gebunden mit Schutzumschlag, DM 28,-

„Liebe Claire, Dein Roman vom Neger Jupiter ist ein ganz ausgezeichnetes Buch. Größte Oeconomie, klare Disposition, Anschaulichkeit ohne forcierte Mittel. Und der Verfasser steht immer genau einen halben Meter über den Dingen, genau dort, wo sich Sympathie und Ironie ideal schneiden." Franz Blei

In Vorbereitung:

Claire Goll: Eine Deutsche in Paris

Roman

Claire Goll: Ein Mensch ertrinkt

Roman

Yvan Goll: Die Eurokokke

Roman

ARGON VERLAG GMBH
Potsdamer Straße 77–87, 1000 Berlin 30

M